NOCTURNES

夜 曲：音乐与黄昏五故事集

〔英〕石黑一雄——著　张晓意——译

KAZUO
ISHIGURO

上海译文出版社

Kazuo Ishiguro
NOCTURNES: FIVE STORIES OF MUSIC AND NIGHTFALL
Copyright © Kazuo Ishiguro, 2009
This edition arranged with ROGERS, COLERIDGE & WHITE LTD (RCW) through BIG APPLE AGENCY, LABUAN, MALAYSIA.
Simplified Chinese edition copyright:
2023 SHANGHAI TRANSLATION PUBLISHING HOUSE (STPH)
All rights reserved.

图字：09-2009-246 号

图书在版编目（CIP）数据

夜曲 /（英）石黑一雄著；张晓意译. —上海：上海译文出版社，2023.10
（彩虹布面石黑一雄作品）
书名原文：Nocturnes：Five Stories of Music and Nightfall
ISBN 978-7-5327-9427-0

Ⅰ.①夜… Ⅱ.①石…②张… Ⅲ.①短篇小说—作品集—英国—现代 Ⅳ.①I561.45

中国国家版本馆CIP数据核字（2023）第164136号

夜曲：音乐与黄昏五故事集
[英] 石黑一雄　著　张晓意　译
总策划 / 冯涛　责任编辑 / 管舒宁　装帧设计 / 张志全工作室

上海译文出版社有限公司出版、发行
网址：www.yiwen.com.cn
201101　上海市闵行区号景路159弄B座
南京爱德印刷有限公司印刷

开本 889×1194　1/32　印张 7.25　插页 6　字数 111,000
2023 年 11 月第 1 版　2023 年 11 月第 1 次印刷
印数：0,001—8,000 册

ISBN 978-7-5327-9427-0/I · 5895
定价：68.00 元

本书中文简体字专有出版权归本社独家所有，非经本社同意不得转载、摘编或复制
如有质量问题，请与承印厂质量科联系。T: 025-57928003

献给黛博拉·罗杰斯

目 录

伤心情歌手　　　　　　001
不论下雨或晴天　　　　033
莫尔文山　　　　　　　083
夜曲　　　　　　　　　119
大提琴手　　　　　　　181

浮世音乐家——代译后记　　215
附录：石黑一雄诺贝尔奖获奖演说　　221

伤心情歌手

我发现托尼·加德纳坐在游客当中的那天早上，春天刚刚降临威尼斯这里。我们搬到外面广场上来刚好一个星期——跟你说，真是松了口气，在咖啡厅的最里面演奏又闷又挡着要用楼梯的客人的路。那天早上微风习习，崭新的帐篷在我们身边啪啪作响，我们都觉得比平时更加愉悦和精神，我想这种心情一定反映在我们的音乐里了。

瞧我说得好像我是乐队的固定成员似的。事实上，我只是那些个"吉卜赛人"中的一个，别的乐手这么称呼我们，我只是那些个奔走于广场、三个咖啡厅的管弦乐队里哪个缺人，就去哪里帮忙的人中的一个。我主要在这家拉弗娜咖啡厅演奏，但若遇上忙碌的下午，我就要先和夸德里的小伙子们演奏一组，然后到弗洛里安去，再穿过广场回到拉弗娜。我和这三支乐队都相处得很好——和咖啡厅的服务生们也是——在别的哪个城市，我早就有固定职位了。可是在这里，传统和历史根深蒂固，事情都倒过来了。在其他地方,吉他手可是受人欢迎的。可是在这里?吉他手!咖啡厅的经理们不自在了。吉他太现代了,游客不会喜欢的。去年秋天,我弄来了一把老式椭圆形音孔的爵士吉他,像强哥·莱恩哈特①弹的那种,这样大家就不会把我当成摇滚乐手了。事情容易了些,可经理们还是不喜欢。总之,实话告诉你吧:倘若你是个吉他手,就算你是吉他大师乔·帕斯,也甭想在这个广场找到一份固定工作。

当然了,还有另外一个小小的原因:我不是意大利人,更别说是威尼斯人。那个吹中音萨克斯风的捷克大个子情况和我一样。大伙儿都喜欢我们,乐队需要我们,可我们就是不符合正式要求。咖啡厅的经理们总是告诉你:闭上你的嘴,只管演奏就是了。这样游客们就不会知道你不是意大利人了。穿上你的制服,戴上你的太阳镜,头发往后梳,没有人看得出来,只要别开口说话。

可是我混得还不错。三支乐队都需要吉他手,特别是当他们与竞争对手同时演奏的时候,他们需要一个轻柔、纯净,但是传得远的声音作背景和弦。我猜你会想:三支乐队同时在一个广场上演奏,听起来多混乱啊。可是圣马可广场很大,没有问题。在

---

① 二十世纪欧洲爵士吉他巨匠,吉卜赛人,出生于比利时。

广场上溜达的游客会听见一个曲子渐渐消失，另一个曲子渐渐大声，就好像他在调收音机的台。会让游客们受不了的是你演奏太多古典的东西，这些乐器演奏版的著名咏叹调。得了，这里是圣马可，游客们不想听最新的流行音乐。可是他们时不时要一些他们认得的东西，比如朱莉·安德鲁斯[①]的老歌，或者某个著名电影的主题曲。我记得去年夏天有一次，我奔走于各个乐队间，一个下午演奏了九遍《教父》。

总之就是在这样一个春天的早晨，当我们在一大群游客面前演出的时候，我突然看见托尼·加德纳，独自一人坐在那里，面前放着一杯咖啡，差不多就在我们的正前方，离我们的帐篷大概只有六米远。广场上总是能看见名人，我们从来不大惊小怪。只在演奏完一曲后，乐队成员间私下小声说几句。看，是沃伦·比蒂[②]。看，是基辛格。那个女人就是在讲两个男人变脸的电影里出现过的那个。我们对此习以为常。毕竟这里是圣马可广场。可是当我发现坐在那里的是托尼·加德纳时，情况就不一样了，我激动极了。

托尼·加德纳是我母亲最喜爱的歌手。在我离开家之前，在那个共产主义时代，那样的唱片是很难弄到的，可我母亲有他几

---

① 英国著名电影和舞台剧演员、歌唱家。
② 美国著名演员、导演。

乎所有的唱片。小时候我刮坏过一张母亲的珍贵收藏。我们住的公寓很挤，可像我那个年纪的男孩子有时就是好动，尤其是在冬天不能出去的时候。所以我就从家里的小沙发跳到扶手椅上这样玩，有一次，我不小心撞到了唱片机。唱针"嗞"的一声划过唱片——那时还没有CD——母亲从厨房里出来，冲我大声嚷嚷。我很伤心，不是因为她冲我大声嚷嚷，而是因为我知道那是托尼·加德纳的唱片，我知道那张唱片对她来说多么重要。我还知道从此以后，当加德纳轻声吟唱那些美国歌曲时，唱片就会发出"嗞嗞"的声音。多年以后，我在华沙工作时得知了黑市唱片，我给母亲买了所有的托尼·加德纳的唱片，代替旧的那些，包括我刮坏的那一张。我花了三年才买齐，可我坚持不懈地买，一张张地买，每次回去看望她都带回去一张。

现在你知道当我认出托尼·加德纳时为什么会那么激动了吧，就在六米以外啊。起初我不敢相信，我换一个和弦时一定慢了一拍。是托尼·加德纳！我亲爱的母亲要是知道了会说什么啊！为了她，为了她的回忆，我一定要去跟托尼·加德纳说句话，才不管其他乐手会不会笑话我，说我像个小听差。

但是我当然不可能推开桌椅，朝他冲过去。我还得把演出演完。跟你说，真是痛苦极了，还有三四首歌，每一秒钟我都以为他要起身离开了。可是他一直坐在那里，独自一人，盯着眼前的咖啡，搅呀搅，好像搞不清楚服务生给他端来的到底是什么东西。他的装扮与一般的美国游客一样，浅蓝色的套头运动衫、宽松的灰裤子。以前唱片封面上又黑又亮的头发如今几乎都白了，但还挺浓密，而且梳得整整齐齐，发型也没有变。我刚认出他时，他把墨镜拿在手里——他要是戴着墨镜我不一定能认出来——但是后来我一边演奏一边盯着他，他一会儿把墨镜戴上，一会儿拿下来，一会儿又戴上。他看上去心事重重，而且没有认真在听我们演奏，让我很是失望。

这组歌曲终于演完了。我什么也没有对其他人说，匆匆走出帐篷，朝托尼·加德纳的桌子走去，突然想到不知如何与他攀谈，心里紧张了一下。我站在他的身后，他的第六感却让他转过身来，看着我——我想这是出于多年来有歌迷来找他的习惯——接着我就介绍自己，告诉他我多么崇拜他，我在他刚刚听的那个乐队里，我母亲是他热情的歌迷等等，一古脑儿全都说了。他表情严肃地听着，时不时点点头，好像他是我的医生。我不停地讲，他只偶尔说一声："是吗？"过了一会儿我想我该走了，转身要离开，突然听见他说：

"你说你是从波兰来的。日子一定不好过吧？"

"都过去了。"我笑笑，耸了耸肩。"如今我们是个自由的国家了。一个民主的国家。"

"那太好了。那就是刚刚为我们演奏的你的同仁吧。坐下。来杯咖啡?"

我说我不想叨扰他,可是加德纳先生的语气里有丝丝温和的坚持。"不会,不会,坐下。你刚才说你母亲喜欢我的唱片。"

于是我就坐了下来,接着说。说我的母亲、我们住的公寓、黑市上的唱片。我记不得那些唱片的名字,但我能够描述我印象中那些唱片套子的样子,每当我这么做时,他就会举起一根手指说"哦,那张是《独一无二》。《独一无二的托尼·加德纳》"之类的。我觉得我们俩都很喜欢这个游戏,突然我注意到加德纳先生的视线从我身上移开了,我转过头去,刚好看见一个女人朝我们走来。

她是那种非常优雅的美国女人,头发优美,衣服漂亮,身材姣好,不仔细看的话不会发现她们已经不年轻了。远远地看,我还以为是从光鲜的时尚杂志里走出来的模特儿呢。可是当她在加德纳先生身旁坐下,把墨镜推到额头上去时,我发现她至少五十了,甚至不止。加德纳先生对我说:"这位是我的妻子琳迪。"

加德纳太太朝我敷衍地笑了笑,问她丈夫:"这位是谁?你交了个朋友。"

"是的,亲爱的。我们聊得正欢呢,我和……抱歉,朋友,我还不知道你的名字呢。"

"扬,"我立刻答道。"但朋友们都叫我雅内克。"

琳迪·加德纳说:"你是说你的小名比真名长?怎么会这样呢?"

"别对人家无礼,亲爱的。"

"我没有无礼。"

"别取笑人家的名字,亲爱的。这样才是好姑娘。"

琳迪·加德纳无助地转向我说:"你瞧瞧他说些什么?我冒犯你了吗?"

"不,不,"我说,"一点也没有,加德纳太太。"

"他总是说我对歌迷无礼。可是我没有无礼。我刚刚对你无礼了吗?"然后她转向加德纳先生,"我很正常地在跟歌迷讲话,亲爱的。我就是这样讲话的。我从来没有无礼。"

"好了,亲爱的,"加德纳先生说,"别小题大做了。而且,这位先生也不是什么歌迷。"

"哦,他不是歌迷?那他是谁?失散多年的侄子?"

"别这么说话,亲爱的。这位先生是我的同行。一位职业乐手。刚刚他在为我们演奏呢。"他指了指我们的帐篷。

"哦,对!"琳迪·加德纳再次转向我,"刚刚你在那里演奏来着?啊,很好听。你是拉手风琴的?拉得真好!"

"谢谢。其实我是弹吉他的。"

"弹吉他的？少来了。一分钟之前我还在看着你呢。就坐在那里，坐在那个拉低音提琴的旁边，手风琴拉得真好。"

"抱歉，拉手风琴的是卡洛。秃头、个大的……"

"真的？你不是在骗我？"

"亲爱的，我说了，别对人家无礼。"

加德纳先生并没有提高音量，可是他的声音突然变得严厉和气愤，接着，出现了一阵异样的沉默。最后，是加德纳先生自己打破了沉默，温柔地说：

"对不起，亲爱的。我不是有意要训你的。"

他伸出一只手去拉妻子的手。我本以为加德纳太太会推开他，没想到她在椅子上挪了挪身子，好靠近加德纳先生一点，然后把另一只手搭在他们握紧的手上。一时间他们就那么坐着，加德纳先生低着头，他妻子的视线越过他的肩膀，出神地看着广场那头的大教堂。她的眼睛虽然看着那里，但却好像并没有真的在看什么。那几秒钟，他们好像不仅忘了同桌的我，甚至忘了整个广场的人。最后加德纳太太轻声说：

"没关系，亲爱的。是我错了。惹你生气了。"

他们又这样手拉着手对坐了一会儿。最后她叹了口气，放开加德纳先生的手，看着我。这次她看我的样子和之前不一样。这次我能感觉到她的魅力，就好像她心里有这个刻度盘，从一到十，此时，对我，她决定拨到六或七，可我已经觉得够强烈的了，如果此时她叫我为她做些什么——比如说到广场对面帮她买花——我会欣然从命。

"你说你叫雅内克，是吗？"她说。"对不起，雅内克。托尼说得对。我不应该那样子跟你说话。"

"加德纳太太，您真的不用担心……"

"我还打扰了你们的谈话。音乐家之间的谈话，我想。好吧，我走了，你们继续聊。"

"你用不着离开，亲爱的，"加德纳先生说。

"用得着，亲爱的。我很想去那家普拉达专卖店看看。我刚刚过来就是要跟你说我会晚一点。"

"好，亲爱的。"托尼·加德纳第一次直了直身子，深吸了一口气。"只要你喜欢就好。"

"我在那家店里会过得很愉快的。你们俩，好好聊吧。"她站起来，拍了一下我的肩膀。"保重，雅内克。"

我们看着她走远，接着加德纳先生问了我一些在威尼斯当乐手的事情，特别是夸德里乐队的事，因为他们刚好开始演出。他好像不是特别认真在听我回答，我正准备告辞时，他突然说道：

"我要跟你说一些事，朋友。我想说说我心里的事，你不想听的话我就不说了。"他俯过身来，降低了音量。"事情是这样。

我和琳迪第一次到威尼斯来是我们蜜月的时候。二十七年前。为了那些美好的回忆，我们没有再回到这里来过，没有一起回来过。所以当我们计划这次旅行，这次特别的旅行时，我们对自己说我们一定要来威尼斯住几天。"

"是你们的结婚周年纪念啊，加德纳先生？"

"周年纪念？"他很吃惊的样子。

"抱歉，"我说。"我以为，因为您说是特别的旅行。"

他还是吃惊地看着我，突然大笑起来，高声、响亮的笑。我突然想起我母亲以前经常放的一首歌，在那首歌里加德纳先生有一段独白，说什么不在乎恋人已经离他而去之类的，中间就有这种冷笑。现在同样的笑声回荡在广场上。他接着说道：

"周年纪念？不，不，不是我们的周年纪念。可是我正在酝酿的这件事，也差不离。因为我要做一件非常浪漫的事。我要给她唱小夜曲。地地道道威尼斯式的。这就需要你的帮助。你弹吉他，我唱歌。我们租条刚朵拉，划到她的窗户下，我在底下唱给她听。我们在这附近租了一间房子。卧室的窗户就临着运河。天黑以后就万事俱备了，有墙上的灯把景物照亮。我和你乘着刚朵拉，她来到窗前。所有她喜欢的歌。我们用不着唱很久，夜里还是有点冷。三四首歌就好，这些就是我心里想的。我会给你优厚的报酬。你觉得呢？"

"加德纳先生,我荣幸至极。正如我对您说的,您是我心中的一个大人物。您想什么时候进行呢?"

"如果不下雨,就今晚如何?八点半左右?我们晚饭吃得早,那会儿就已经回去了。我找个借口离开房间,来找你。我安排好刚朵拉,我们沿着运河划回来,停在窗户下。不会有问题的。你觉得呢?"

你或许可以想象:这就像美梦成真一样。而且这主意多甜蜜啊,这对夫妇——一个六十几岁,一个五十几岁——还像热恋中的年轻人似的。这甜蜜的想法差点儿让我忘了刚才所见的那一幕。可我没忘,因为即便在那时,我心里深知事情一定不完全像加德纳先生说的那样。

接下来我和加德纳先生坐在那里讨论所有的细节——他想唱哪些歌,要什么音高,等等之类。后来时间到了,我该回帐篷去进行下一场演出了。我站起来,和他握了握手,告诉他今天晚上他完全可以信任我。

* * *

那天晚上我去见加德纳先生时,漆黑的街道十分安静。那个时候,一到离圣马可广场较远的地方我就会迷路,所以尽管我早早出发,尽管我知道加德纳先生告诉我的那座小桥,我还是晚了几分钟。

加德纳先生站在路灯底下,穿着一件皱皱的深色西装,衬衫敞到第三四个扣子处,所以能看见胸口的毛。我为迟到的事向他道歉,他说道:

"几分钟算什么?我和琳迪已经结婚二十七年了。几分钟算什么?"

他没有生气,但似乎心情沉重——一点儿也不浪漫。他身后的刚朵拉轻轻地在水里摇晃,我看见刚朵拉上的船夫是维托里奥,我很讨厌的一个人。他当着我的面总是一副友好的样子,可是我知道——我知道在我背后——他到处说些难听的话,说像我一样的人的闲话,他把我们这种人称为"新国家来的外地人"。所以那天晚上,当他像兄弟似的跟我打招呼时,我只是点点头,静静地看着他扶加德纳先生上船。然后我把我的吉他递给他——我带了一把西班牙吉他,而不是有椭圆形音孔的那把——自己上了船。

加德纳先生在船头不停变换着姿势,然后突然用力地坐下去,船差点翻了。可是他似乎并没有注意到。我们开船了,他一直盯着水面。

我们静静地在水上漂着,经过黑色的建筑,穿过低矮的小桥。

就这么过了好一会儿,加德纳先生从沉思中回过神来,说道:

"听着,朋友。我知道下午我们已经说好了今晚要唱哪几首歌。但是我在想,琳迪喜欢《当我到达凤凰城的时候》这首歌。我很久以前录的一首歌。"

"我知道,加德纳先生。以前我母亲总说你唱的版本比辛纳特拉①的,或者那个家喻户晓的格伦·坎贝尔②版的都好听。"

加德纳先生点点头,接着有一小会儿我看不见他的脸。维托里奥吆喝了一声,船转弯了,吆喝声在墙壁间回响。

"以前我经常唱给她听,"加德纳先生说。"所以我想今晚她一定乐意听到这首歌。你记得调子吗?"

此时我已经把吉他拿出来了,我就弹了几小节。

"高一点,"他说。"升到降 E 调。我在唱片里就是这么唱的。"

于是我就用降 E 调弹了起来,弹了差不多整个主歌的部分以后,加德纳先生唱了起来,很轻很柔地,像是只记得一部分歌词。可是他的声音还是清晰地回响在安静的运河上。而且真是太好听了。一时间我仿佛又回到了童年,回到了那个公寓,躺在地毯上,而我母亲坐在沙发上,筋疲力尽,或者伤心无比地听着托尼·加德纳的唱片在房间的角落里旋转着。

---

① ② 均为二十世纪享有盛誉的美国流行歌手。

加德纳先生突然停下来，说道："很好。《凤凰城》我们就用降 E 调。然后是《我太易坠入爱河》，如我们计划的那样。最后是《给我的宝贝》。这样就够了。她不会想听再多的了。"

说完，加德纳先生又陷入了沉思，我们在黑暗中慢慢地往前漂去，只听见维托里奥轻轻泼溅起的水声。

"加德纳先生，"我终于忍不住问道，"希望您别介意我这么问，可是加德纳太太知道今晚的表演吗？还是说这会是个惊喜？"

他深深地叹了口气，说道："我想应该是属于惊喜这一类的。"他停了一下，又说道，"天晓得她会有什么反应。兴许我们唱不到《给我的宝贝》。"

维托里奥又转了一个弯，突然传来了音乐声和笑声，我们正漂过一家灯火通明的大餐厅。好像客满了，侍者忙碌地穿梭其间，食客们都很开心的样子，尽管那时运河边上还不是非常暖和。我们刚刚一直在宁静和黑暗中行驶，现在看见餐厅显得有些纷乱。感觉好像我们是静止不动的，站在码头上，看着这只闪闪发光的开着派对的船驶过。我注意到有几张脸朝我们这里看了看，可是没有人太在意我们。把餐厅甩在身后以后，我说道：

"真有意思。要是那些游客发现一条载着著名的托尼·加德纳的船刚刚开了过去，不知他们会有什么反应？"

维托里奥英语懂的不多，但是他听懂了这句话的大意，笑了

一下。而加德纳先生却没有反应。直到我们又驶入黑暗,驶进一条狭窄的河道,驶过沿岸灯光昏暗的门口时,他才说道:

"我的朋友,你是从波兰来的,所以你不知道是怎么一回事。"

"加德纳先生,"我说,"我的祖国现在是自由的民族了。"

"抱歉。我没有侮辱你们国家的意思。你们是勇敢的民族。我希望你们赢得和平和繁荣。可是朋友,我想告诉你的是。我想说的是从你来的地方,自然还有很多东西是你不明白的。正如在你们国家也有很多事情我不会明白。"

"我想是这样的,加德纳先生。"

"我们刚刚经过的那些人。要是你过去问他们:'嘿,你们还有人记得托尼·加德纳吗?'也许当中一些人,甚至是大部分人,会说记得。谁知道呢?但是像我们刚才那样子经过,就算他们认出了我,他们会兴奋不已吗?我想不会。他们不会放下他们的叉子,不会停下他们的烛光晚餐。为什么要呢?只不过是一个已经过时了的歌手。"

"我不相信,加德纳先生。您是经典。就像辛纳特拉或者迪安·马丁[①]一样。一些一流的大师是不会过时的。不像那些流行歌星。"

[①] 二十世纪美国著名歌手、演员。

"谢谢你这么说,朋友。我知道你是好意。可是唯独今晚,不要开我的玩笑。"

我正想反驳,但加德纳先生举止里的某些东西让我放开了这个话题。于是我们继续前进,没有人说话。说实话,我开始纳闷自己是不是搅和进了一件什么事,这整个小夜曲到底是怎么一回事。他们毕竟是美国人啊。说不定当加德纳先生开始唱时,加德纳太太会拿着枪走到窗前,朝我们开火。

也许维托里奥跟我想到了一块儿,因为当我们驶过一面墙上的路灯下时,他朝我递了个眼色,像是在说:"他真是个怪人,不是吗,朋友?"可是我没有理他。我不会跟他那种人一起反对加德纳先生的。在维托里奥看来,像我这种外地人,成天敲诈游客,弄脏河水,总之就是破坏了这座该死的城市。哪天遇上他心情不好,他会说我们是强盗——甚至是强奸犯。有一次,我当面问他是不是真的说过这样的话,他赌誓说全是一派胡言。他有一个他敬如母亲的阿姨是犹太人,他怎么可能是个种族主义者呢?可是一天下午幕间休息的时候,我靠在多尔索杜罗的一座桥上打发时间,一条刚朵拉从桥下经过。船上有三名游客,维托里奥摇着桨站在他们身后,高谈阔论,讲的正是这些垃圾。所以他尽可以看着我,但别想从我这里得到伙伴情谊。

"我来教你一个秘诀,"加德纳先生突然说道。"一个表演的小秘诀。给同行的你。很简单。你要多少了解你的观众，不管是哪个方面，你得知道一点儿。一件让你心里觉得今晚的观众跟昨晚的不同的事。比如说你在密尔沃基演出。你就得问问自己，有什么不同，密尔沃基的观众有何特别之处？他们跟麦迪逊的观众有何不同？想不出来也要一直想，直到想到为止。密尔沃基，密尔沃基。密尔沃基有上好的猪排。这就行了，当你走上台时心里就想着这个。不用说出来让观众知道，你唱歌的时候心里知道就行。你面前的这些人吃上好的猪排。他们对猪排非常讲究。你明白我的意思吗？这样观众就成了你知道的人了，成了你可以为之演出的人。这就是我的秘诀。给同行的你。"

"谢谢，加德纳先生。我以前从没这样想过。像您这样的人的指点，我永生难忘。"

"那么今晚，"他接着说，"我们是为琳迪表演。琳迪是我们的观众。所以现在我要告诉你一些琳迪的事情。你想听吗？"

"当然，加德纳先生，"我说。"我很想听听她的事情。"

* * *

接下来二十分钟左右的时间，我们坐在刚朵拉里，顺着水流漂，听加德纳先生讲。他的声音时而低得近乎耳语，像是在自言自语。而当路灯或者沿途窗户的灯光照到船上时,他就会突然想起我,提高音量,然后问"你明白我的意思吗,朋友?"之类的。

他说,他妻子来自美国中部明尼苏达州的一个小镇。中学时,学校的老师让她的日子很不好过,因为她老看电影明星的杂志,不学习。

"老师们不知道琳迪有远大的计划。看看现在的她。富有、美丽、周游世界。而那些学校里的老师呢,他们如今有什么成就?过得怎么样呢?他们要是多看些电影杂志,多些梦想,也许也能够拥有一些琳迪今日的成就。"

十九岁时,她搭便车到了加州,想进好莱坞,却在洛杉矶郊外的一家路边餐厅当起了服务生。

"意想不到啊,"加德纳先生说。"这家餐厅,这个高速公路旁不起眼的小地方,却成了她最好的去处。因为这里是所有野心勃勃的姑娘来的地方,从早到晚。她们在这里见面,七个、八个、十来个。她们吃啊喝啊,坐在那里聊上好几个钟头。"

这些姑娘都比琳迪大一些,来自美国的四面八方,在洛杉矶待了至少两三年了。她们聚在餐厅里聊八卦,聊倒霉事,讨论计策,汇报大家的进展。可是这里最引人注目的是一个叫梅格的女人,一个四十多岁的女招待。

"梅格是这群姑娘的大姐头，智囊袋。因为以前她就和她们一样。你得明白，她们是一群正经的姑娘，野心勃勃、意志坚定的姑娘。她们是不是和其他女孩子一样谈论衣服、鞋子、化妆品？是，她们也谈这些。但是她们只关心哪些衣服、鞋子、化妆品能帮助她们嫁给明星。她们谈不谈论电影？她们谈不谈论歌坛？当然了。但是她们谈的是哪个电影明星或者歌星还是单身，哪个婚姻不幸，哪个离了婚。而所有这些，梅格都能告诉她们，还有其他很多、很多的东西。梅格走过她们要走的路。她知道钓到大腕的所有规矩和门道。琳迪和她们坐在一起，一字不落地听着。这家小小的热狗店就是她的哈佛、她的耶鲁。明尼苏达来的一个十九岁的小姑娘？现在想想她可能会变成什么样，都让我哆嗦。可是她是走运的。"

"加德纳先生，"我说道，"请原谅我打断您。可要是这个梅格这么神通广大，她干吗不自己嫁个明星？她干吗还在餐厅里端盘子？"

"问得好，可你不太明白这些事情到底是怎么一回事。好，这位女士，梅格，她自己没有成功。可是重点是，她看过别人是怎么成功的。你明白吗，朋友？她曾经和这些姑娘一样，她目睹谁成功了，谁失败了。她见过圈套陷阱，也见过阳关大道。她把所有的故事都讲给她们听，而其中一些人学进去了。琳迪就是其中一个。就像我说的,这里是她的哈佛。这里成就了后来的她。这里给了她日后需要的力量,天啊,她确实需要。她等了六年才交了第一次好运。你想象得到吗?六年的处心积虑,六年的如履薄冰。一次次地遇到挫折。可是就跟我们的事业一样。你不能因为最初的一些小挫折就打退堂鼓。大部分人做不到,这样的姑娘随处可见,在默默无闻的地方嫁给默默无闻的人。而有一些人,有一些像琳迪这样的人,她们从每一次的挫折中吸取经验教训,变得越来越坚强,她们屡败屡战,却越战越勇。你以为琳迪没有蒙过羞?像她这么漂亮,这么有魅力的人?人们不明白美丽不是最主要的,一半都不到。用得不对,人们就视你为娼妇。总之,六年之后,琳迪终于有了好运。"

"她遇到您了是吗,加德纳先生?"

"我?不,不是。我没有这么快出现。她嫁给了迪诺·哈特曼。没听说过迪诺?"说到这里加德纳先生微微冷笑了一下。"可怜的迪诺。我想他的唱片没有流传到共产主义国家去。不过那时他很有些名气。当时他频频在维加斯演出,出了几张金唱片。我刚才说了,琳迪交了好运。我初次见到琳迪时,她是迪诺的妻子。这种情况老梅格早跟她们解释过了。诚然有的姑娘能第一次就撞了大运,一步登天,钓上辛纳特拉或者白兰度这样的人。可是这种事情并不多见。姑娘们得准备好在二楼就出电梯，走出来。她得习惯二楼的空气。也许将来有一天，她会在二楼这里遇见一个从顶楼公寓下来的人，也许是下来取一下东西。这人对她说，嘿，要不要跟我一起回去，一起上顶楼去。琳迪清楚游戏规则。她的战斗力没有因为嫁给了迪诺而减退，她的雄心也没有因此而大打折扣。迪诺是个正派人。我一直都喜欢他。所以虽然我第一次见到琳迪就深深地爱上了她，但我没有采取行动。我是个绝对的绅士。后来我得知琳迪因此而更加下定决心。啊，你应该钦佩这样的姑娘！我得告诉你，朋友，我那个时候非常非常红。我猜你母亲就是在那个时期听我的歌的。然而迪诺却开始迅速走下坡路。那段时期很多歌手的日子都不好过。时代变了。孩子们都听披头士、滚石。可怜的迪诺，他的歌太像平·克劳斯贝①了。他尝试做了一张巴萨诺瓦②的唱片，却被大家耻笑。这时琳迪肯定不能再跟着他了。当时的情况没有人能指责我们。我想就是迪诺也没有真的责怪我们。所以我行动了。她就这样到了顶楼公寓。

"我们在维加斯结了婚，我们把酒店的浴缸装满香槟。今晚我们要唱的那首《我太易坠入爱河》，知道我为什么选这首歌

---

① 二十世纪美国著名歌手、演员。
② 一种融合巴西桑巴节奏与美国酷派爵士乐的新派音乐，被视为拉丁爵士乐的一种。

吗？想知道吗？新婚后不久，有一次我们在伦敦。吃完早饭以后我们回到客房，女佣正在打扫我们的套房。可是我们欲火烧身。于是我们进了房间，我们可以听见女佣在用吸尘器打扫客厅的声音，可是我们看不见她，隔着隔板墙。我们踮着脚尖偷偷地溜进去，像孩子似的，你瞧。我们悄悄地溜回卧室，把门关上。我们看得出卧室已经打扫完了，所以女佣应该不用再回到卧室来了，但我们也不是很肯定。管他呢，我们才不在乎。我们脱掉衣服，在床上大干起来，女佣一直都在隔壁，在套房里走来走去，不晓得我们已经回来了。我说了，我们欲火烧身，可是过了一会儿，我们突然觉得整件事情太好玩了，我们开始笑个不停。后来我们完事了，躺在床上拥抱着对方，女佣还在外面，你知道吗，她居然唱起歌来了！她用完吸尘器，开始放声高歌，天啊，她的声音太难听了！我们笑个不停，当然是尽量不发出声音。你猜接下来怎么着，她不唱了，打开收音机。我们突然听见切特·贝克[①]的声音，在唱《我太易坠入爱河》，优美、舒缓、柔和。我和琳迪躺在床上，听着切特的歌声。过了一会儿，我也唱了起来，很轻地，跟着收音机里的切特·贝克唱，琳迪偎依在我怀里。事情就是这样。这就是为什么今晚我选了这首歌。我不知道她会不会想

---

① 美国爵士乐号手、歌手。

起这件事。天晓得。"

加德纳先生不说了，我看见他擦去眼泪。船又转了个弯，我发现我们第二次经过那家餐厅了。餐厅似乎比先前更加热闹，有个人，我知道他叫安德烈亚，正在角落里弹钢琴。

当我们再次驶入黑暗之中时，我说道："加德纳先生，我知道这不关我的事，可我看得出眼下您和加德纳太太的关系不是很好。我想让您知道我是明白这些事的。以前我母亲经常悲伤，大概就和您现在一样。她以为这次她找到了一个好人，她高兴极了，告诉我这个人要做我的新爸爸了。头几次我相信了。可后来，我知道事情不会尽如人意的。可是我母亲从来没有停止相信。每当她伤心的时候，大概就像您今晚这样，你猜她怎么着？她会放你的唱片，跟着唱。那些漫长的冬天，在我们住的小公寓里，她坐在那里，蜷起膝盖，手里头拿着一杯喝的，轻轻地跟着唱。有时候，我还记得，加德纳先生，楼上的邻居会用力地敲天花板，特别是当你放一些大声的快歌时，比如《希翼》、《他们都笑话》之类的。我仔细地看着母亲，可是她好像什么也没听见，专心地听着你的歌，头跟着拍子一点一点，嘴唇跟着歌词一张一合。加德纳先生，我想说的是，您的音乐帮助我母亲度过那些伤心的日子，也一定帮助了其他成千上万的人。所以也一定能帮助您自己的。"说完我笑了笑，本想作为鼓励，没想到笑得大声了点。"今晚您可以信任我,加德纳先生。我会全力以赴。今晚我的演出不会输给任何一个管弦乐队的,您等着瞧吧。加德纳太太听了以后,天晓得?也许你们就会重归于好。夫妻间都会有不愉快的时候。"

加德纳先生微微一笑。"你是个好人儿。我很感激你今晚的帮助。但是我们没有时间再聊了。琳迪回到房里了。我看见灯亮了。"

* * *

说话间我们正经过一座我们至少已经路过两次的公寓。现在我明白了为什么维托里奥带着我们兜圈子。加德纳先生在等某个窗户的灯光,每次他看见灯还没亮,我们就再绕一圈。但是这一次,三楼的窗户亮了,百叶窗打开着,从我们这里可以看见屋里的一小块带黑色木梁的天花板。加德纳先生示意维托里奥停下,维托里奥早已经停下桨,让船慢慢漂到窗户的正下方。

加德纳先生站起身来,又一次把船弄得激烈地摇晃起来,维托里奥赶紧把船稳住。加德纳先生朝上面轻轻地喊道:"琳迪?琳迪?"然后他终于大声叫道:"琳迪!"

一只手推开百叶窗,接着一个身影出现在狭小的阳台上。虽然公寓墙上不远的地方有一盏灯,但是灯光昏暗,看不清加德纳太太的样子。然而我依稀看出她把头发梳起来了,和上午在广场上不一样,大概是为了刚刚的晚餐。

"是你吗,亲爱的?"她靠在阳台的栏杆上问。"我还以为你被绑架之类了呢。你害我担心死了。"

"别傻了,亲爱的。在这种地方会出什么事呢?再说,我给你留了纸条。"

"我没有看见什么纸条,亲爱的。"

"我给你留了纸条。让你别担心。"

"纸条在哪儿呢?上面写什么?"

"我不记得了,亲爱的。"加德纳先生生气了。"只是张普通的纸条,说我要去买烟之类的。"

"你现在在那里就是干这个吗?买烟?"

"不是,亲爱的。这是另外一件事。我要唱歌给你听。"

"是在开什么玩笑吗?"

"不,亲爱的,不是开玩笑。这里是威尼斯。这里的人就是这么干的。"说着指了指我和维托里奥,像是要证明他的话。

"我觉得外面有点冷,亲爱的。"

加德纳先生重重地叹了口气。"那你进屋里去听吧。进屋里去,亲爱的,舒舒服服地坐好。只要把窗户开着就能听得很清楚。"

加德纳太太仍旧低头看着他，他也抬头往上看，两个人都没有说话。片刻后，加德纳太太进屋里去了，加德纳先生好像很失望的样子，即便是他自己劝她这么做的。他低下头，又叹了口气，我能感觉到加德纳先生正在犹豫还要不要做。于是我说道：

"来吧，加德纳先生，我们开始吧。第一首《当我到达凤凰城的时候》。"

我轻轻地弹了几个开始的音符，拍子还没有出来，只是一些音符，可以是歌曲的导入，也可以就这么渐渐退去。我试着弹得美国一点，伤心的路边酒吧，长长的高速公路。我还想起了我母亲，想我以前是怎么走进屋里，看见她坐在沙发上，盯着唱片的封面，封面上画着一条美国公路，或者一个歌手坐在一辆美国车里。我的意思是，我试着要弹得让我母亲能听出就是那个国家，她唱片封面上的那个国家。

还没等我反应过来，还没等我弹出什么连续的拍子来，加德纳先生就唱了起来。他站在摇摇晃晃的刚朵拉上，我担心他随时会掉下去。然而他的声音和我记忆里的一模一样——温柔、近乎沙哑，但是集结了全身的力量，像是从一个看不见的麦克风里传出来的。而且和所有一流的美国歌手一样，他的声音略带疲倦，甚至是丝丝的犹豫，仿佛他并非一个惯于如此敞开心扉的人。所有的大师都是这样。

我弹着，他唱着，一首充满漂泊和离别的歌。一个美国人离开他的情人。歌曲一节节，城镇一座座，凤凰城、阿尔伯克基、俄克拉何马，他一路不停地思念着情人。车子沿着大路一直开，这是我母亲永远不可能做到的。要是我们能像这样子将事情抛在身后——我猜母亲听这首歌的时候是这么想的。要是我们能像这样子将悲伤抛在身后。

这首歌结束了，加德纳先生说："好，直接唱下一首吧。《我太易坠入爱河》。"

这是我第一次为加德纳先生演奏，我小心翼翼地弹每一个音，结果我们配合得还不错。听了他给我讲的这首歌的故事以后，我不停地抬头看窗户，然而加德纳太太那里一点儿反应也没有，没有动静，没有声音，什么都没有。歌唱完了，宁静和黑暗包围了我们。我听见不远处有人推开百叶窗，估计是住在附近的人想听得清楚些。可是加德纳太太的窗户什么情况也没有。

我们慢慢地唱起了《给我的宝贝》，慢到几乎没有拍子，然后一切又归于平静。我们一直抬头看着窗户，过了许久，大概足足有一分钟的时间，我们终于听见了。声音若隐若现，但是绝对错不了，是加德纳太太在啜泣。

"我们成功了，加德纳先生！"我轻声说。"我们成功了。我们打动她了。"

可是加德纳先生的样子并不高兴。他疲倦地摇摇头，坐了下来，朝维托里奥摆了摆手。"把船划到另一边去吧。我该进去了。"

当船再次开动时，我觉得加德纳先生一直在避开我的眼睛，几乎像是在为今晚的事情感到羞愧。我不禁想到这整件事情也许是一个恶作剧。因为就我所知，这些歌对加德纳太太都有讨厌的含义。于是我收起吉他，坐在那里，或许有点儿闷闷不乐，我们就这么往前划去。

船到了开阔一些的水面，突然一艘观光游艇迎面从我们身边疾驶而过，在刚朵拉边溅起不小的波浪。然而我们快到加德纳先生公寓的门口了。维托里奥把船慢慢靠近岸边时，我说道：

"加德纳先生，您是我成长过程中重要的一部分。今晚对我来说太特别了。如果我们就此告别，以后我不会再见到您，那么我余生都会一直琢磨。所以加德纳先生，请您告诉我。刚才，加德纳太太是因为喜悦而哭泣，还是因为伤心？"

我以为他不会回答我。昏暗的灯光下，我只能看见船头加德纳先生弓着背的身影。可是当维托里奥系缆绳时，加德纳先生静静说道：

"我想我以这种方式唱歌给她听，她很高兴。但当然了，她很伤心。我们俩都很伤心。漫长的二十七年，这次旅行之后，我们就要分开了。这是我们最后一次一起旅行了。"

"听您这么说我真的很难过，加德纳先生，"我轻轻地说。"我想很多婚姻最后都走到了尽头，即便是一起过了二十七年。但至少你们能以这种方式分开。一起到威尼斯度假，在刚朵拉上唱歌。很少有夫妻能这么友好地分手。"

"我们为什么不友好呢？我们仍然深爱着对方。这就是她为什么哭了。她还像我爱着她一样地爱着我。"

维托里奥已经上岸了，可是加德纳先生和我都还坐在黑暗里。我等着他往下讲，果然，过了一会儿，他接着说道：

"就像我说的，我对琳迪一见钟情。可是她也爱我吗？我想她根本没考虑过这个问题。我是个明星，她只关心这一点。我是她梦寐以求的，是她在那家小餐厅里处心积虑想要得到的。她爱不爱我不是问题。可是二十七年的婚姻会发生很多有趣的事情。很多夫妻，他们渐渐地越来越不喜欢对方，厌倦对方，最后憎恨对方。而有时候情况刚好相反。过了很多年，琳迪逐渐慢慢地开始喜欢我。一开始我不敢相信，可是后来没什么可怀疑的了。离开餐桌时轻轻碰一下我的肩膀。在房间那一头莫名其妙地微微一笑，没什么好笑的事，只是她自己不知道在乐什么。我敢说她自己也很惊讶，但事实如此。五六年后，我们发现我们在一起非常惬意。我们关心对方，在乎对方。总而言之，我们爱对方。而如今我们仍旧爱着对方。"

"我不明白,加德纳先生。那您和加德纳太太为什么要分开呢?"

他又叹了一口气。"你怎么可能明白呢,朋友,从那样的国家来的?但是今天晚上你对我太好了,我试着解释给你听吧。事实是,我的名声已经不如从前了。你尽可以反对,但在美国,这是不可否认的事实。我不再是大明星了。如今的我可以接受现实,慢慢隐退,生活在过去的荣誉之上。但我也可以说,不,我还没玩完呢。换句话说,我的朋友,我可以重返歌坛。很多像我这样的人,甚至还不如我的人,都这么做了。但是重返歌坛并非易事。你得做好做出种种改变的心理准备,有些改变是很困难的。你得改变你的做法,甚至改变一些你喜欢的东西。"

"加德纳先生,您的意思是,因为您要重返歌坛,您和加德纳太太不得不分开?"

"看看其他人,看看那些成功重返歌坛的人,看看那些至今仍活跃在歌坛的我这一辈人。他们每一个,每一个都再婚了。两次,甚至三次。他们每一个都牵着年轻的妻子。我和琳迪会成为笑柄的。而且,现在有一个我看上眼的姑娘,她也看上了我。琳迪明白这其中的道理,比我还早明白,也许在餐厅里听梅格讲各种奇闻轶事时就明白了。我们商量过了。她明白我们该各走各的了。"

"我还是不明白,加德纳先生。您和加德纳太太来的地方不会和其他地方相差到哪儿去。所以,加德纳先生,这些年来您唱的歌能感动各个地方的人。甚至是我生长的地方。这些歌里头都唱些什么呢？两个人不再相爱了，只好分开，所以伤心。可要是两人还彼此相爱，就应该永远在一起。这就是那些歌里唱的。"

"我明白你的意思，朋友。我知道你很难明白这件事情。但事实如此。而且，这对琳迪也好。我们现在就分开对她来说最好。她还不老。你见过她，她依旧美丽动人。她得趁现在还来得及的时候抽身。还来得及再找一个爱人，再结一次婚。她得趁还为时未晚赶紧抽身。"

我不知道该回答什么，加德纳先生突然问道："我猜你母亲始终没能再找到一个好人吧。"

我被这个问题吓了一跳。我想了想，轻声说："没有，加德纳先生。她始终没能再婚。她没能活着看见我们国家的变化。"

"太遗憾了。我相信她是个好女人。如果真像你说的那样，我的歌真的让她感到幸福，那对我而言意义重大。很遗憾她最终没能再找到一个好人。我不希望我的琳迪会这样。不，我的琳迪不会的。我要我的琳迪再找到一个好人。"

刚朵拉轻轻地敲打着河岸。维托里奥轻声唤着，伸出一只手，几秒钟后，加德纳先生站起来，爬上岸去。等我也拿着吉他爬上岸时——我不想求维托里奥让我白搭一程——加德纳先生已经掏出了钱包。

看来维托里奥对自己的酬劳非常满意,他带着一贯的彬彬有礼,说着一贯的恭维话,回到刚朵拉上,划走了。

我们看着船消失在黑暗之中。加德纳先生往我手里塞进一大把钞票。我对他说太多了,而且今晚是我极大的荣幸。可他一点儿也不肯收回去。

"不,不,"他边说边在眼前摆了摆手,像是要了结这件事,不仅是钱,还包括我、包括这个夜晚,或许还包括他人生的这整个阶段。他迈步朝公寓走去,可才走了几步,他就停下来,回头看着我。我们所在的小街,运河,一切都很安静,只有远方模糊的电视的声音。

"今天晚上你弹得很好,我的朋友,"他说。"你的指法很好。"

"谢谢您,加德纳先生。您唱得也很好,和以前一样好。"

"也许在我们离开之前我会再到广场去一次。去听听你和同事们的演出。"

"我希望如此,加德纳先生。"

可是我没有再见到他。几个月后,秋天的时候,我听说加德纳先生和加德纳太太离婚了——弗洛里安的一个侍者在哪里看到,告诉我的。那天晚上的情景再次浮现在我的脑海里,而且回想起这件事情,我黯然神伤。因为加德纳先生看上去是个很正派的人,不管你怎么看,无论复出与否,他都是伟大的歌手之一。

不论下雨或晴天

埃米莉和我一样喜欢美国百老汇的老歌。她比较喜欢节奏快一点的曲子,像欧文·伯林①的《脸贴着脸》、科尔·波特②的《当他们跳起比津舞》,而我倾向于半苦半甜的伤心情歌——《今天下雨天》啦、《我从未想到》啦。但还是有很多歌是我们都喜欢的,而且在那个时候,在英格兰南部的大学校园里,发现有人跟你一样喜欢百老汇算得上是奇迹。现在的年轻人什么歌都听。我侄子今年秋天开始上大学,最近喜欢上了阿根廷探戈。他也喜欢最新的独立乐队的随便什么歌,还喜欢艾迪特·皮雅芙③。可是在我们那个时候,口味比较单一。我的同学分为两大阵营:嬉皮士型的,留着长发,穿着飘逸的衣服,喜爱"前卫摇滚";另一类穿着整齐、高雅,认为古典音乐以外的东西都是可怕的噪音。偶尔也会碰到声称喜欢爵士乐的人,但你每每会发现这种人都是半路出家型的——只知道即兴,不懂得应该从认真打造优美的歌曲开始。

所以发现有人也喜欢美国爵士金曲，还是个女生，真是欣慰。和我一样，埃米莉也喜欢收集敏感、坦率的声音翻唱的经典曲目的唱片——这类唱片要么在旧货店里慢慢贬值，要么被父辈们丢弃。她喜欢萨拉·沃恩④和切特·贝克。我偏好朱莉·伦敦⑤和佩吉·李⑥。我们俩都对辛纳特拉或埃拉·菲茨杰拉德⑦不太感冒。

第一年埃米莉住在学校里，她的宿舍里有一台便携式唱片机，当时很常见的那种。长得像个大帽盒，浅蓝色人造皮的面，一个内嵌式喇叭。打开盖子以后才能看见里面的唱机转盘。按今天的标准来讲，它发出来的声音够原始的，可我记得我们常常一连几个小时愉快地蹲在唱片机旁，把一张唱片拿下来，再小心翼翼地把唱针放到另一张上面。我们喜欢放同一首歌的不同版本，然后争论歌词或歌手的演绎。那句歌词是应该唱得这么讽刺吗？唱《乔治亚在我心》这歌应该把乔治亚当作个女人还是美国的一个地方？若发现一首歌——比如雷·查尔斯⑧演唱的《不论下雨

---

①② 美国著名作曲家。
③ 法国著名女歌手。
④ 美国著名爵士乐女歌手。
⑤ 美国著名女歌手。
⑥ 美国爵士乐女歌手、作曲家、演员。
⑦ 美国著名爵士乐女歌手，被誉为"爵士乐第一夫人"。
⑧ 美国黑人盲歌手，被誉为"灵魂乐之父"。

或晴天》——歌词本身是快乐的,而演唱成十分悲伤,我们会特别高兴。

埃米莉太喜欢这些唱片了,每次我无意中撞见她在和别的同学讲某个自命不凡的摇滚乐队或某个空虚无物的加利福尼亚创作歌手,我都会吓一跳。有时,她会像在和我谈论格什温①或哈罗德·阿伦②那样开始谈论一张"概念"唱片,我得咬紧嘴唇才不把愤怒表现出来。

那时候的埃米莉苗条、漂亮,要不是她早早就和查理在一起,我相信会有一大堆人追求她。可她从来不风骚、放荡,所以她和查理在一起后,其他追求者就撤退了。

"所以我才把查理留在身边,"有一次她一脸严肃地这样对我说,看见我很吃惊的样子她扑哧笑了出来。"开玩笑的,傻瓜。我爱他,爱他,爱他。"

查理是我大学时最好的朋友。一年级时我们成天在一起,因此我才认识了埃米莉。第二年,查理和埃米莉在城里找了间房子同居。虽然我常常去他们那,但是那些与埃米莉在唱片机旁的交谈已经成为往事。一来,我每次去,都有几个其他同学坐在那里又说又笑。再者,如今有了一台漂亮的立体声音响大声地播放着

---

① 美国作曲家。
② 美国爵士乐、音乐剧作曲家。《不论下雨或晴天》即是他的作品。

摇滚乐，说话都得用喊的。

这些年来查理和我还是好朋友。确实我们不如以前那样常见面，但这主要是因为距离太远。我在意大利、葡萄牙，还有西班牙这里待了好几年，而查理则一直待在伦敦。要是这么说让你觉得好像我是个空中飞人，他是个宅男，那就好笑了。因为查理才是整天飞来飞去的人——得克萨斯、东京、纽约——参加一个个高端会议，而我则年复一年困在潮湿的房子里，安排拼写测试，或者重复着一成不变的慢速英语谈话："我叫雷。""你叫什么？""你有孩子吗？"

大学毕业后我选择了教英语，刚开始貌似还不错——很像大学生活的延伸。语言学校在欧洲如雨后春笋般涌现。若说教书很无聊、课酬很低，那个年纪的你不会太在乎。你泡在酒吧里，很容易就交到朋友，感觉自己是一个遍布全球的巨大网络的一部分。你会遇见刚从秘鲁或泰国教了一阵子书回来的人，你会觉得只要你愿意就可以满世界跑，就可以利用你的关系在哪个你向往的遥远的角落找到一份工作。而且你永远是这个舒适的巡回教师大家庭的一分子，一边喝酒一边聊着以前的同事、神经质的学校主管、英国文化协会里的怪人。

八十年代末期听说去日本教书很赚钱，我认真地计划要去，但最终没去成。我还想过去巴西，甚至读了一些介绍那里的文化的书，要了申请表。可不知为什么我从来没有去那么远的地方。我只去意大利南部、葡萄牙教了一阵子书，又回到西班牙。不知不觉就到了四十七岁，身边共事的人早就变成了聊不同话题、嗑不同药、听不同音乐的另一代人。

与此同时，查理和埃米莉结了婚，在伦敦定居下来。有一次查理对我说，等他们有了孩子以后，要我做一个孩子的教父。可到现在都还没有。我的意思是他们一直没有孩子，我想如今要孩子已经太迟了。我必须承认，我一直觉得有点失望。也许我一直幻想给他们的孩子做教父能让他们在英国的生活与我在这里的生活有了正式的联系，不管这种联系多么微小。

总而言之，今年初夏，我去了伦敦待在他们那里。事情已经事先安排妥当，动身前两天，我打电话确认时，查理说他们俩都"很好"。所以我一心只想着在经历了肯定不是我人生最美好的几个月后好好休息、放松一下，根本没想到别的。

事实上，那个阳光灿烂的早晨，当我走出伦敦地铁站时，脑子里想着：不知自从我上次来了以后，他们会对"我的"房间做怎样的改进。这些年来，几乎每次都有不一样的东西。有一次，房间的角落里摆着一个闪着光的电子小玩意儿；还有一次，整个房间都重新装修过了。但不管怎样，几乎有一条基本原则，他们按着高级旅馆的样子为我布置房间：摆好毛巾，床头放着一小罐饼干，梳妆台上备着几张CD。几年前，查理带我走进房间，若无其事地炫耀着打开各种开关，各种巧妙地隐藏起来的灯开了关、关了开：床头板后面、衣橱上面等等。还有一个开关按了以后，隆隆隆，两扇窗户上的百叶窗慢慢放了下来。

"查理，我要百叶窗干吗？"那一次我问道。"醒来的时候我想看见外面。窗帘就可以了。"

"这些百叶窗是瑞士的，"他这么回答，好像这就说明了一切。

可是这一次带我上楼时，查理一直小声咕哝着，等到了我的房间，我才明白他是在道歉。眼前的景象我从未见过。床上空荡荡的，床垫污渍点点、歪歪斜斜。地上一堆堆的杂志、书和旧衣服，还散落着一支曲棍和一个喇叭。我吃惊地站在门口，查理则清理出一个地方放下我的包。

"你那样子好像要见经理，"他挖苦地说。

"没有，没有。只是这里看上去和以前不太一样。"

"乱糟糟的，我知道。乱糟糟的。"他在床垫上坐下，叹了口气。"我以为清洁工会来打扫。结果没有。鬼知道怎么没来。"

他好像很沮丧，可突然他腾地站了起来。

"走，我们去外面吃午饭吧。我给埃米莉留个信。我们慢慢吃，等我们回来，你的房间——这整间公寓——就都收拾好了。"

"可我们不能叫埃米莉收拾。"

"哦,她不会自己收拾的。她会去叫清洁工。她知道怎么烦他们。我,我连他们的电话都没有。午饭,我们吃午饭吧。点它三道菜,来瓶红酒什么的。"

查理所说的公寓其实是一栋四层楼高的排屋的最顶上两层,位于一条繁华而忙碌的大街上。一出大门就是川流的人群和车辆。我跟着查理走过一家家商店、办公室,到了一家小巧的意大利餐厅。我们没有订座,但餐馆的招待像朋友一样招呼查理,领我们到了一张桌子。我看了看四周,发现周围都是西装领带的商务人士,所以很高兴查理和我一样一副脏兮兮的样子。他好像猜到了我在想什么,我们坐下时,他说道:

"哦,你真是乡巴佬,雷。如今都变了。你离开这个国家太久了。"接着他突然提高音量,很大声地说:"我们看上去才是成功人士。这儿的其他人看上去都像中层管理。"说完他倾向我,轻声说:"听着,我们得谈谈。我要你帮我一个忙。"

我不记得上一次查理叫我帮忙是什么时候,但我装作随意地点点头,等他开口。他摆弄了一会儿菜单,然后放下。

"是这样的,我和埃米莉正在闹别扭。事实上,最近,我们完全避开对方。所以刚刚她没有来迎接你。如今恐怕你得从我们两个中选一个。有我就没有她,有她就没有我。有点像戏里一人分饰两角。很幼稚，是不是？"

"显然我来的不是时候。我走，吃完午饭就走。我去芬奇利找我姑妈凯蒂。"

"你说什么啊？你没有在听我说话。我说了，我要你帮我一个忙。"

"我以为你指的是……"

"不是，你这个白痴，该离开的人是我。我得去法兰克福开会，今天下午的飞机。两天以后回来，最迟星期四。而你留在这里善后，让一切恢复原样。等我回来的时候，我愉快地说声'哈罗'，亲吻亲爱的妻子，就当过去的两个月没发生过，我们又和好如初。"

这时服务生过来点单，她走了以后，查理似乎不愿接着刚才的话茬，而是开始一个劲儿地问我在西班牙过得怎么样。每次我说了件什么事情，不管好事坏事，他都会微微地苦笑一下，摇摇头，好像我说的都验证了他最担心的。我正说到我的厨艺大有进步——我几乎是独自一人为四十多名师生准备了一顿圣诞自助餐——他打断我的话。

他说："听我说，你这样子下去不行。把工作辞了。但辞职之前你得先找到新工作。用那个愁眉苦脸的葡萄牙人当中间人。保住马德里的职位，然后丢掉那个公寓，另找一个。好，你要这样,首先。"

他扳起手指头,开始一条条罗列应该做些什么。我们的菜来了,他还没数完,可他不管,接着数到完。开始吃饭时,他说道:

"我敢说你一条都不会去做。"

"不,不,你说的每一条都很有道理。"

"你回去以后还是一切照旧。一年以后我们再见时,你又抱怨一模一样的事情。"

"我没有在抱怨……"

"要知道,雷,别人只能建议你这么多。到了一定的时候,你得学会自主自己的生活。"

"好,我会的。我答应你。但是刚才你说有事要我帮忙。"

"啊,对。"他若有所思地嚼着嘴里的食物。"说实话,这才是我叫你来的真正目的。当然,我也很想见到你什么的。但是最主要的是,我想请你帮我一个忙。毕竟你是我认识最久的朋友,一辈子的朋友……"

突然他又低头吃饭,我惊讶地发现他在轻声啜泣。我伸手去拍拍他的肩膀,但他只是低着头、一个劲儿地往嘴里塞意面。就这样过了一分钟左右,我又伸手去拍拍他的肩头,但跟第一次一样没有什么效果。这时服务生微笑着走过来问我们今天的菜怎样，我俩都说菜好极了。她走了以后，查理好像情绪稳定了一些。

"好，雷，听着。我要你做的事简单得不得了。我要你这几天跟埃米莉待在一起，在我们家好好做客。就这样。直到我回来。"

"就这样？你要我在你不在的时候照顾她？"

"没错。或者说，让她照顾你。你是客人。我给你找了些事做，看戏什么的。我最迟星期四就回来了。你的任务就是让她一直保持好心情。这样当我回来的时候，我说'哈罗，亲爱的'，拥抱她，她就回答说，'哦，哈罗，亲爱的，欢迎回来，这几天好吗？'然后拥抱我。这样我们就和好如初。如同当初噩梦开始以前。这就是你的任务。很简单。"

"我很乐意尽我所能，"我说。"可是，查理，你确定她现在有心情招待客人？你们显然出现了什么危机。她一定和你一样心烦意乱。老实说，我不理解为什么你这个时候叫我来。"

"你不理解？什么意思？我叫你来是因为你是我认识最久的朋友。对，没错，我有很多朋友。可是在这件事情上，我想来想去，发现只有你能行。"

我承认听了他的话我很感动。但同时，我能察觉到这里头有什么事不对劲，有什么事他没有告诉我。

"要是你们俩都在这里的话，我能理解你叫我来住，"我说。

"我能理解那样做的用意。你们互相不说话,找个客人来转移目标,你们俩都拿出最好的表现来,事情就慢慢缓和了。可现在不是这样的,你不在这里。"

"帮帮我吧,雷。我想能行的。你总是能让埃米莉开心起来。"

"我让她开心?查理,你知道我想帮你。可是你肯定哪里搞错了。因为我印象中,说实话,我根本不能让埃米莉开心,即便是在最美好的时候。最近几次我到这里来,她……呃,她显然对我不耐烦。"

"听着,雷,相信我。我知道自己在做什么。"

* * *

我们回去时,埃米莉在公寓里。我得承认我被她的老态吓了一跳。她不仅比我上次见到她时胖了许多:她过去那张自然而美丽的脸,如今赘肉明显,嘴角上还挂着怒气。她正坐在客厅的沙发上阅读《金融时报》,看见我进来,闷闷不乐地站了起来。

"见到你真好,雷蒙德。"她说,敷衍地吻了吻我的脸颊,然后又坐了下去。她的这种态度让我忍不住想说抱歉,深深地抱歉在这个时候打扰他们。可不等我开口,埃米莉就拍了拍身旁的沙发,说:"来,雷蒙德,坐这里,回答我的问题。我想知道你所有的近况。"

我坐了下来,她开始不停地问我问题,跟刚刚查理在饭馆里一样。而这时候查理在收拾他的行李,在屋子里进进出出,找这找那。我注意到他们避开对方的视线,可并没有像查理说的那样,因为待在同一个屋子里而感觉不自在。他们没有直接交谈,但是查理用一种奇怪的、间接的方式参与谈话。比如说,当我在跟埃米莉解释为什么很难找到一个室友分担房租时,查理在厨房里大声说道:

"他住的地方不适合两人合住!适合一个人住,一个比他收入高一些的人住!"

埃米莉没有回答,但她显然是听进去了,因为她接着说道:"雷蒙德,你不应该找那样的公寓。"

接下来至少二十分钟,我们都是这样子交谈。查理在楼梯上或者要去厨房时说上几句,通常是大声地从第三者的角度说说我的事情。讲着讲着,埃米莉突然说道:

"哦,说真的,雷蒙德。你处处被那所可恶的语言学校剥削,傻傻地让房东多收你的钱,而你做了什么?跟爱喝酒、还没有工作的傻姑娘混在一起。你好像故意要跟这些还关心你的人过不去!"

"这些人不多了!"查理在走廊里大声说道。我听见他已经把箱子拖到外面去了。"你二十几岁时像个愣头青没有问题。可你都已经快五十了还这样!"

"我只有四十七……"

"什么叫你只有四十七?"埃米莉嚷了起来,虽然我就坐在她身边。"只有四十七。就是这个'只有'毁了你的人生,雷蒙德。只有,只有,只有。只不过尽力了。只有四十七。很快你就只有六十七,只不过在到处找一个安身之处!"

"他得振作些才行!"查理在楼梯上吼道。"别人把他逼急了他才会努力!"

"雷蒙德,难道你不曾停下来问问自己是什么人?"埃米莉问道。"想想你的潜力,你不觉得羞愧吗?看看你现在过的是什么生活!这种生活……这种生活怎么让人受得了!简直欺人太甚!"

查理穿着雨衣出现在门口。一时间,他们两个同时朝我开火,各骂各的。最后查理先收声,说他要走了——像是因为讨厌我似的——接着就离开了。

查理的离开使埃米莉的谩骂暂告一段落。我利用这个机会站起来,说:"抱歉,我去帮查理拿行李。"

"我干吗要你帮我拿行李?"查理在走廊里说。"我只有一个包。"

可他还是让我跟他下了楼,我看着包,他自己到路边去拦的士。路上没有一辆的士,他担心地探出身去,举着一只胳膊。

我走上前去,说:"查理,我想行不通。"

"什么行不通?"

"埃米莉绝对是讨厌我。她见了我几分钟就这个样子,三天以后会成什么样呢?你到底凭什么觉得你回来的时候会雨过天晴呢?"

说着说着,我心里好像豁然开朗,我不做声了。查理发觉到不对劲,转过身来,仔细地打量着我。

我终于说道:"我想我知道你为什么选我,而不选别人了。"

"啊哈。雷突然开窍了?"

"对,可能是。"

"但是那又怎么样?没有变,我要你做的事没有变。"这时他的眼睛里又有了泪水。"雷,你还记得以前埃米莉常说她相信我时的模样吗?她说了一年又一年。我相信你,查理,你前途无量,你那么有才华。直到三四年前,她都还一直这么说。你知道这话变得多让人难受吗?我混得不错。现在还混得不错。很不错。可她以为我应该成为……天晓得,成为这个世界的总统,天晓得!我只是一个混得不错的普通人。可她不这么认为。这就是核心,所有问题的核心。"

查理开始沿着人行道慢慢往前走,陷入沉思。我赶忙转回身去拿他的箱子,拖动轮子。街上人还很多,我很难一面跟上他,一面注意不让箱子撞到行人。可查理还是一步步朝前走去,全然不顾我的难处。

"她觉得我不够努力,"他边走边说。"可我没有。我做得很不错。年轻时有无尽的梦想是好的。可是到了我们这个年纪,你就得……你就得现实点了。每当埃米莉实在不可理喻时,我脑子里都这么想。现实,她应该面对现实。我一直对自己说,看,我做得不错。看看其他人,我们认识的人。看看雷。看看他过得像什么鸟样。埃米莉应该面对现实。"

"所以你就把我叫来了。来当'现实先生'。"

查理终于停下脚步,回过头来看着我。"别误会,雷。不是说你真的一无是处。你既不是瘾君子也不是杀人犯。可实话实说,跟我比起来,你不像是最成功的。所以我叫你来,叫你来帮帮我。我们的关系快完了,我已经无计可施了。我需要你的帮助。而且老天啊,我叫你做什么?只不过是做你自己。你平时怎么样,现在还怎么样。不多也不少。帮帮我吧,雷蒙德。帮帮我和埃米莉。我们还没结束,我知道还没有。我不在这几天好好在我们家做客。这个要求不过分吧?"

我深吸了一口气,说:"好,好,要是你觉得这样能行。可埃米莉迟早都会发现的，不是吗？"

"发现什么？她知道我要去法兰克福开一个很重要的会。对她来说，这事再简单不过了。她就是接待一个客人。她很乐意，她喜欢你。啊，的士。"他拼命挥手，车朝我们开过来。这时，他抓住我的手臂。"谢谢你，雷。你要替我们扭转局面，我知道你能行。"

＊　＊　＊

我回到公寓，发现埃米莉的态度全变了。她像欢迎一个年老体衰的亲戚一样把我迎进屋。她面带和蔼的微笑，轻轻地拍拍我的手臂。她问我要不要喝茶，我说好，她就带我进了厨房，让我在桌子旁坐下，然后站在一旁关切地看了我一会儿。末了，她轻声说道：

"我很抱歉刚才那样子说你，雷蒙德。我没有权利那样子说你。"她转过身去泡茶，接着说："我老是忘记我们已经离开大学好多年了。我做梦也想不到我会那样子说其他的朋友。可如果是你，咳，我想我看见你就以为又回到了过去，回到了从前，忘了早就离开大学了。你千万别往心里去。"

"没，没有。我根本没放在心上。"我还在想着刚才查理说的话,有点心不在焉的样子。我想埃米莉以为我在生气,她的声音更温柔了。

"很抱歉我惹你生气了。"她仔细地把一排排饼干摆在我面前的盘子里。"记得吗,雷蒙德,以前我们对你几乎是想说什么就说什么,你只是笑笑,我们也笑笑,什么事情都是玩笑一场。我真是太傻了,以为你还可以像从前那样。"

"啊,其实我现在还和以前差不多。我一点儿也不介意。"

她显然没有听见我的话,接着说:"我没想到现在的你不一样了。你已经快走投无路了。"

"听着,埃米莉,说真的,我还没有到……"

"我想这些年的生活已经把你折磨得够呛了。你像个到了悬崖边的人,再轻轻一推就会崩溃了。"

"你是说掉下去吧。"

她刚刚在摆弄水壶,这会儿再次转过身来注视着我。"别这样,雷蒙德,别说这种话。开玩笑也不要。我永远不要听见你说这种话。"

"不,你误会了。你说我会崩溃,可要是我站在悬崖边,我应该掉下去,而不是崩溃。"

"哦,可怜的人儿。"她好像还是没有理解我的话。"只剩下一副外壳。"

这次我决定还是别应的好,我们就静静地等水开。一会儿,水开了,她给我泡了一杯茶放在面前,没有给自己也倒一杯。

"很抱歉,雷,我得回办公室去了。有两个会我一定得去。我要是知道你会这样,我是不会把你一个人留下的。我会另做安排的。可现在我得回去。可怜的雷蒙德。你一个人在这里怎么好呢?"

"我没问题的,真的。其实我在想,你不在时我干吗不来准备晚餐呢?你可能不信,可是我最近厨艺大有长进。事实上,圣诞节前我们的自助餐……"

"你想帮忙真是太好了。但我想你还是休息吧。毕竟在一个不熟悉的厨房很容易会手忙脚乱。你就把这里当作自己家,泡个药澡,听听音乐。我回来以后再来做晚饭。"

"可是你工作了一整天不会想再操心晚饭的事。"

"不,雷,你就休息吧。"她拿出一张名片,放在桌上。"这上面有我的直线电话和手机。我得走了,但你随时可以打电话给我。记住,我不在时别给自己找难题。"

* * *

一段时间以来,我发现我在自己家里没办法好好休息。我要是一个人在家就会越来越焦躁不安，总觉得外头有什么重要的邂逅在等着我。可我要是一个人在别人家里反而常常能得到安宁。我喜欢窝在陌生的沙发里，随手拿本书来看。这正是埃米莉走了以后我做的事情。或者说，我至少看了两章《曼斯菲尔德庄园》才打了个二十来分钟的盹。

一觉醒来，午后的太阳正照进公寓。我从沙发上起来，开始东看看西看看。可能是清洁工在我们外出吃午饭的时候真的来过了，也可能是埃米莉自个儿打扫了，总之现在偌大的客厅看上去一尘不染。客厅不仅是干净，还很有品位，摆设着时髦的家具和艺术品——虽然刻薄的人可能会说太做作了。我扫了一眼摆着的图书，然后是CD。基本上全是摇滚和古典乐，可经过一番搜寻，我在角落里找到了几张弗雷德·阿斯泰尔[①]、切特·贝克和萨拉·沃恩的CD。我奇怪埃米莉怎么没有把其他她珍爱的唱片也换成CD，但我没有在CD这里停留太久，而是溜达去了厨房。

我打开碗橱找饼干、巧克力什么的，突然看见厨房的桌子上有一本小记事本。带衬垫的紫色封面在光滑而极其简洁的厨房里特别显眼。刚刚我喝茶时，埃米莉匆匆忙忙地准备出门，把包里的东西统统倒到桌子上，再重新装进去。一定是那个时候落下

[①] 美国演员，被誉为歌舞之王。

的。可马上另一种念头出现在我脑子里:这个紫色的小本子是一本私密日记,是埃米莉故意留下来要我看的;出于某种原因,她无法公开表达她的感受,于是用这种方式来倾诉她内心的混乱。

我站在那儿盯着记事本。过了一会儿,我走上前去,把食指伸进记事本当中,小心翼翼地翻开。埃米莉挤挤挨挨的字映入我的眼帘,我一下子把手收了回来,离开餐桌,告诉自己我不应该偷看埃米莉的本子,不管她一时昏了头想干什么。

我回到客厅,在沙发上坐下,又看了几页《曼斯菲尔德庄园》。可现在我集中不了精神。我的脑子一直回想着那个紫色的记事本。那会不会不是一时冲动,而是她计划了好几天的呢?她会不会认真地写了一些东西要我读呢?

十分钟后,我又回到厨房,盯着紫色记事本。然后,我在刚刚喝茶的椅子上坐下来,把本子拉到面前,打开。

很快我就弄清楚了一个问题:埃米莉要是有一本记录内心深处秘密的日记本的话,一定在别处。我面前的这个本子顶多只是一本顶漂亮的日志,每天埃米莉都潦草地记着些提醒自己记得去做的事情,有些字写得超大。比如有一条用粗的毡头墨水笔写着:"还没给马蒂尔达打电话,怎么又忘了???记得打!!!"

还有一条写着:"他妈的菲利普·罗斯读完了。还给马里恩!"

我一页页地翻过去,突然,我看见:"雷蒙德星期一来。痛苦啊，痛苦。"

我又翻了两页，发现："雷明天就来了。怎么活？"

最后，在今天早上刚记的几件琐事中有一条："牢骚王子要来了，记得买酒。"

牢骚王子？我犹豫了好一会儿才不得不承认这个称呼指的是我。我设想了种种可能——客户？水管工人？——可是最后，看看日期，看看前前后后，我不得不承认不可能有其他更靠谱的候选人了。突然间，一股无名的怒火涌了上来：她怎么可以给我安一个如此不公平的头衔？我一气之下把那张讨厌的纸捏作一团。

我的动作并不是很用力：连纸都没有撕下来。我只是一把捏紧了拳头，转眼我就恢复了理智，可是当然了，为时已晚。我放开手，发现不单单那张纸被我一气之下捏坏了，连底下两页也遭了殃。我拼命把纸张弄平，可它们还是皱起来，好像它们就是很想被捏成一团垃圾。

尽管如此，我还是继续固执地想把被我捏坏的纸张弄平，心里忐忑不安。正当我准备放弃的时候——我现在不管做什么都掩盖不了我的失误——我听见屋子里有电话在响。

我决定不理睬电话，继续想搞清楚我刚刚的失误会有什么后果。但是不一会儿电话答录机响了，我听见查理在留言的声音。也许我觉得抓到了救命稻草，也许我只是想找人倾诉一下，总之是我发现自己冲到了客厅，抓起玻璃咖啡桌上的电话听筒。

"哦，你在啊。"查理好像有点生气我打断了他的留言。

"查理，听着。我刚刚做了一件蠢事。"

"我在机场，"他说。"飞机晚点了。我想给要在法兰克福接我的汽车服务公司打个电话，可我没带他们的电话。所以我要你给我念一下。"

接着他开始指示我到哪里去找电话本，但是我打断他的话，说道：

"听着，我刚刚做了一件蠢事。我不知道怎么办才好。"

几秒钟的沉默后，查理说道："你可能在想，雷。你可能在想有第三者。想说我现在是要飞去见她。我猜你是这样想的。跟你看到的一切对得上。刚刚我出门的时候埃米莉的样子，等等。可是你错了。"

"是，我知道你的意思。可是你听着，我有事要跟你说……"

"承认吧，雷。你错了。没有第三者。我现在是要去法兰克福开一个有关更换我们波兰代理的会。我只是要去干这个。"

"是，我知道。"

"从来就没有什么第三者。我是不会看其他女人的，起码不会正经地看。是真的。是他妈的真的，没有第三者！"

他说着说着就嚷了起来，可能是因为出发大厅里太吵了。现

在他不说话了,我仔细听他是不是又哭了,但是只能听见机场里的嘈杂声。突然,他说道:

"我知道你在想什么。你在想,好吧,没有其他女人。但会不会是其他男人呢?你就认了吧,你是这么想的,对吧?快说!"

"没有。我从没想过你会是同性恋。即便是那次期末考以后,你喝得酩酊大醉,假装……"

"闭嘴,你这个白痴!我是说其他男人,埃米莉的情人!会不会有一个他妈的埃米莉的情人?我是这个意思。而我的回答是,根据我的判断,没有,没有,没有。在一起这么多年,我很了解她。可问题就在于,就因为我太了解她了,我还能看见些别的。我能看出她开始想找个情人了。没错,雷,她在物色男人。比如说大卫·科里!"

"大卫·科里是谁?"

"大卫·科里是一个虚情假意的饭桶,一个混得不错的律师。我知道怎么不错,因为她告诉我怎么不错,很他妈的详细。"

"你觉得……他们看上了?"

"没有,我说了!还没有,什么都没有!大卫·科里根本不会理她。他娶了一个在康泰纳仕出版集团工作的漂亮妞儿。"

"那你不用担心……"

"我要担心,还有个迈克尔·艾迪生。还有美林银行的新星罗杰·范德伯格,年年都参加世界经济论坛……"

"听着,查理,听我说。我有麻烦了。不是大麻烦,可总归是个麻烦。你听我说。"

我终于把刚才的事情讲给他听,尽量忠实地叙述一切,虽说我把我觉得埃米莉给我留了秘密信息的想法轻轻带过。

"我知道我很蠢,"末了,我说道。"可本子就放在那里,在厨房的桌子上。"

"是。"查理现在听上去冷静了许多。"是。你有麻烦了。"

突然他笑了。我受到鼓舞,也跟着笑了。

"我想我反应过度了。"我说。"毕竟那不像是她的私人日记什么的。只是个记事本……"我说不下去了,因为查理还在笑,笑声有点歇斯底里。他不笑了,冷冷地说:

"她要是知道了,会把你的蛋蛋割下来的。"

一阵短暂的沉默,我只听见机场里的嘈杂声。然后,他接着说道:

"大概六年前,我自己翻过那本子,应该说是当年的那本日记本。很偶然,我坐在厨房里,她在做饭。你瞧,就是边说话边无意间随手翻开。她马上就发现了,说她不喜欢人家看她的东西。就是那次她说她要把我的蛋蛋割下来。那时她挥着根擀面杖,我说用擀面杖可不好干她威胁的那件事。她就说擀面杖是蛋蛋割下来以后用的。蛋蛋割下来以后她要用擀面杖碾碎。"

电话那头通报了一则航班信息。

"那我该怎么办？"我问。

"你能怎么办？把纸弄平呗。她可能不会注意到。"

"我试了，就是不行。她不可能不会注意到……"

"听着，雷，我要操心的事多着呢。我要告诉你的是埃米莉梦想的这些男人不是真的可能的情人。她只是觉得这些人很不错，那么有成就。她没有看见他们的缺点。他们根本就是……畜牲。总之这些人跟她不是一路的。关键是，这个关键既让人痛心又讽刺，关键是，归根结底，她爱我。她还爱我。我知道的，我知道。"

"查理，这么说你没有什么办法咯。"

"没有！我没有什么他妈的办法！"他又开始大嚷起来。"你自己想办法！你坐你的飞机，我坐我的。我们看看哪架会掉下来！"

说完，查理把电话挂了。我倒进沙发里，深深地吸了一口气。我告诉自己要理智，可是我心里一直感到隐隐的害怕。我想了各种各样的办法。一种办法是就这么溜之大吉，几年都不再跟查理和埃米莉联系，几年以后我会写一封措词谨慎的信来。即便事已至此，我也觉得这么做太绝望了。好一点的办法是我把他们柜子里的酒一瓶瓶喝掉，等埃米莉回来的时候就会发现我烂醉如泥了。那时我就告诉她我看了她的日记，在酒精的作用下把纸张给捏了。而且，我还可以借着酒疯扮演受害者的角色。我可以冲她嚷嚷，指指点点，告诉她看了她写的话我受了多么深的伤害。我是多么珍视她的爱意和友谊，是她支撑我在孤独的异乡度过那些最难过的日子。可她却那样子说我。虽然这个计划挺可行的，但我隐隐觉得这里头——在这个计划的底下，有什么东西是我不敢去碰的——所以这个计划对我来说也行不通。

过了一会儿，电话响了，答录机里又传来查理的声音。我拿起电话，查理的声音显然比刚才平静了许多。

"我到登机口了，"他说。"很抱歉我刚刚的胡言乱语。我到了机场就这样。要在登机口坐下来才能觉得安稳。听着，雷，我突然想到一件事情。关系到我们的计划。"

"我们的计划？"

"对，我们的全盘计划。当然了，你也已经发现现在不是粉饰形象、让埃米莉对你改观的时候。绝不是掩盖缺点、炫耀你自己的时候。不是，不是。你还记得我当初为什么会选你吧。雷，我全靠你在埃米莉面前做真实的你。只要你做到这点，我们的计划就没有问题。"

"咳，听着，我现在很难成为埃米莉的大英雄了……"

"是，你明白目前的情况，我很感激。可我刚刚想到一件事情。就一件事情，你的条件里有一件小事，跟目前的计划有出入。是这样，雷，埃米莉觉得你很有音乐品位。"

"啊……"

"只有一次，只有一次她说我不如你，就是音乐品位。除了这一条，你就是这个任务十全十美的人选了。所以，雷，你得答应不提音乐。"

"哦，天啊……"

"答应我吧，雷。这个要求不过分。不要提起那些……那些她喜欢的抒情老歌。要是她提起了，你别搭腔。我就要求这一点。剩下的你只要跟平时一样就可以了。雷，你能做到这点，对不对？"

"这个，我想可以。反正这些都只是理论上说说而已。我想我们今天晚上不会聊什么天。"

"很好！那就没事了。现在来说说你那个小问题。我想了一下你那事儿，你高兴吧。而且我想出了一个办法。你在听吗？"

"在，我在听。"

"有一对夫妇经常到我们家来。安杰拉和索利。他们人还行，可要不是因为是邻居我们不会跟他们打交道的。反正就是他们经常到我们家来。不事先打招呼就过来喝杯茶。然后关键一点是，他们经常是白天什么时候带亨德里克斯出来时,顺便过来。"

"亨德里克斯?"

"亨德里克斯是一只臭烘烘、脾气暴躁,甚至可能杀人的拉布拉多猎狗。当然了,对安杰拉和索利来说,那畜牲就像他们的孩子。他们没有孩子,可能他们还不算太老,还能生孩子。可他们更喜欢亲爱、亲爱的亨德里克斯。每次过来,亲爱的亨德里克斯都会像个很不爽的小偷一样尽力搞破坏。砰,落地灯倒了。哦天啊,没关系,亲爱的,你吓到了吗?你明白吧。听好了。大约一年以前,我们买了一本放在咖啡几上摆设的大画册,花了不少钱,是一帮年轻的男同性恋在北非城堡拍的艺术照片。埃米莉就喜欢翻开那页,觉得跟沙发很配。你要是翻到别页去她会很生气。反正就是大约一年以前,亨德里克斯过来的时候把那照片啃了个精光。没错,就这么把它的牙齿伸到蜡光纸里去,啃啊啃,总共啃了二十来页它妈咪才让它停下来。知道我为什么跟你说这些吧?"

"是。我知道你说的办法了,可……"

"很好,我来给你解释清楚。你这样跟埃米莉说。有人敲门,你开了门,那对夫妇牵着亨德里克斯站在门口。他们跟你说他们是安杰拉和索利,是我们的好朋友,来喝杯茶。你让他们进来了,亨德里克斯胡闹起来,咬了日记本。能混过去的。怎么了?

你怎么不谢我？你不满意？"

"我很感激，查理。我只是在考虑。你瞧，比如说，要是他们真的出现怎么办？我是说在埃米莉回来以后？"

"我想有这个可能。我只能说若真的是这样，你真的是太背、太背了。我说他们经常过来，意思是顶多一个月一次。所以别挑刺了，快谢我。"

"可是查理，那狗只咬那本日记本，还刚好咬到了那几页，是不是太牵强了？"

我听见他叹了一口气。"我以为不用说得这么详细的。你当然要把整个地方都弄一弄啦。把落地灯弄倒，洒点糖到厨房的地板上。你要弄得好像亨德里克斯把那里弄得乱七八糟的。听着，在叫登机了。我得走了。我到了德国再跟你联系。"

听查理说话让我感觉像在听一个人絮絮叨叨地讲他做过的梦，或者讲他的车门是怎么被撞到的。他的办法很好——甚至可以说是天才——可是我看不出这跟埃米莉回来以后我想说的或做的有什么关系，我越听越不耐烦。但是挂了电话以后，我发现查理的话对我有一种催眠的作用。尽管我脑子里觉得他的办法很白痴，但我的手脚却开始把他的"办法"付诸实践。

我把落地灯放倒，小心不撞到其他的东西。我先把灯罩拿掉，把灯放倒，再把灯罩歪歪斜斜地放回去。然后我从书架上拿下一个花瓶，把它放到地毯上，把里面的干草洒在旁边。接着我选了咖啡几旁的一个好地方把垃圾桶"撞倒"。我做这些的时候感觉很奇怪，很不真实。我不相信这样做能有什么用，可我发现做这些事让我觉得心里好过一些。突然我想到我搞这些破坏都是为了那本日记。于是我走进厨房。

我想了想，从碗柜里拿出一罐糖，放在桌子上日记本旁边，慢慢倾斜，让糖倒出来。我本来还想让罐子从桌子边掉下去，但最后没有这么做。因为这个时候，一直折磨着我的害怕的感觉挥发殆尽了。我并不是恢复了平静，而是觉得这样做实在是太傻了。

我回到客厅，在沙发上躺下，拿起简·奥斯丁的书，读了几行，感觉累得不行，不知不觉又睡着了。

* * *

我被电话吵醒。听见埃米莉的声音出现在答录机里，我坐起来接电话。

"哦天啊，雷蒙德，你在啊。你还好吗，亲爱的？现在感觉怎么样？有好好休息吗？"

我告诉她别担心，我很好，刚刚正在睡觉。

"哦对不起！你可能已经几星期没好好睡觉了，可是你好不容易睡着了，我又把你吵醒！太对不起了！还有一件事我也很抱歉，雷，我要让你失望了。公司里出了要紧的事情，我没办法早回去。我至少还得再过一个钟头。你能坚持一下吧。"

我重申我现在很好，很舒服。

"是啊，听你的声音确实挺好。太对不起了，雷，我得挂电话去做事情了。你想要什么就拿什么吧。再见，亲爱的。"

我放下电话，伸了伸胳膊。天色渐暗，我起来打开公寓里的灯。我看着被我"破坏"了的客厅，越看越觉得不自然。害怕的感觉再次涌上心头。

电话又响了，这次是查理。他说他现在在法兰克福机场的行李传送带旁。

"真他妈的慢。到现在一件行李都没有。你那里怎么样了？女主人还没回来吗？"

"还没。听着，查理，你的办法行不通。"

"你说行不通是什么意思？不要告诉我你到现在还没动手，还在犹豫。"

"我照你说的做了。我把房间弄乱了，可是看着不像那么回事。不像有狗来过，倒像个艺术展。"

他没有说话，可能是在注意看行李来了没有。过了一会儿，他说道:"我理解你的顾虑。因为是别人的东西,你一定会缩手缩脚。听好了,我点名几样东西我衷心希望你把它们砸个稀巴烂。你在听吗,雷?我要你把这些东西砸烂。那个垃圾瓷牛。在 CD 机旁边。那是王八蛋大卫·科里从拉各斯回来的时候送的。你就从那个开始。事实上,我不在乎你砸什么东西。统统都砸了吧!"

"查理,你要冷静。"

"好,好。但那个房子里的东西全是破烂。就像我们现在的婚姻。全是一堆破烂。那个红色海绵沙发,你知道我说哪个吧,雷?"

"是。我刚刚还在上面睡觉来着。"

"早就该扔到垃圾桶里去了。把外面的皮撕开,把里面的海绵统统翻出来。"

"查理,冷静一下。你这根本不是在帮我。你只是把我当作发泄你的愤怒和沮丧的工具……"

"别胡说八道了!我当然是在帮你。而且我的办法很好。我保证能行的。埃米莉恨那条狗,恨安杰拉和索利,她抓住一切机会更恨他们一点。听着。"他的声音突然变成近乎耳语。"我教你这个最大的秘诀。用这个秘密配方一定能让埃米莉相信。我早该想到了。你还有多少时间?"

"大约一个小时……"

"很好。仔细听好了。味道。没错。在房子里弄出狗的味道。她一进门就会察觉到,即使只是下意识地。然后她走进房间,看见亲爱的大卫的瓷牛在地上摔成粉碎,看见那个破沙发里的海绵到处都是……"

"听着,我没有说我……"

"别插嘴。她看见屋子里乱七八糟的,马上就会有意无意地联想到狗的气味。你什么都还没说,她就会想到是亨德里克斯干的。太漂亮了!"

"瞎说,查理。那好,我怎么把你家弄出狗的味道来呢?"

"我知道怎么弄。"他的声音还是低低的,但很兴奋。"我清楚得很。以前我和托尼·巴顿在中学六年级时干过。他弄了个配方,我改进了一下。"

"为什么?"

"为什么?因为他的配方更像臭白菜,而不是狗,这就是为什么。"

"不是,我是说你们为什么……好了,算了。你告诉我吧,只要不用出去买一套化学品就行。"

"很好。你转过弯来了。拿支笔来,雷。记下来。啊,行李终于来了!"他一定是把手机放到口袋里了,我听见一阵窸窸窣窄的声音。然后他重新拿起电话说道：

"我没时间多说了。记下来。准备好了吗？中等大小的长柄锅一只。可能灶子上已经有了。放入一品脱左右的水和两块牛肉浓缩汤块、一小勺孜然、一大勺辣椒粉、两大勺醋、一大把月桂叶。记下来了吗？然后放进一只皮鞋或皮靴，底朝上，别让鞋底完全浸在水里，这样就不会有烧焦橡胶的味道。接着就可以打开煤气，把这堆东西放上去煮了，让它慢慢炖。很快就会有味道出来了。不是很难闻。托尼·巴顿原来的配方里还加了鼻涕虫，可我这个更像狗的臭味。我知道你要问我去哪里找这些材料。所有的香料什么的都在厨房的柜子里。楼梯底下的储物柜里有一双旧靴子。不是那双高筒靴，拿破破烂烂的那双，有点像加长的鞋子。我以前常穿去散步。已经不能穿了，该扔掉了。拿一只。怎么了？听着，雷，就这么做，好吗？救救你自己。因为我告诉你，发飙的埃米莉可不是闹着玩的。我得挂电话了。哦，对了，记住不要卖弄你的音乐学问。"

也许是因为得到了一系列清楚的指示，不管这些指示多么荒唐，我放下电话时，刚才害怕的感觉没有了，变得干劲十足。我很清楚自己该做什么。我走进厨房，打开电灯。炉子上确实有一只"中等大小的"长柄锅等着执行任务。我装了半锅水，然后放回炉子上。我虽忙活着，但心里清楚，在我往下做之前得先确认一件事：即我到底有多少时间来完成这些事情。我走回客厅，拿起电话，拨通埃米莉办公室的号码。

助理接的电话，告诉我埃米莉在开会。我半是亲切半是坚决地要她把埃米莉从会场叫出来，"看看她是否真的在开会"。不一会儿，埃米莉来了。

"怎么了，雷蒙德？什么事？"

"没事。我只是想看看你怎么样了。"

"雷，你怪怪的。怎么了？"

"什么叫我怪怪的？我只是想确认你什么时候会回来。我知道你觉得我是个懒人，但我还是想要个时间表什么的。"

"雷蒙德，没必要生气嘛。我想想。还要一个小时……也可能是一个半小时。我真的很抱歉，公司里出了非常要紧的事情……"

"一个到一个半小时。好的。我就想知道这个。那我们一会儿见。你回去工作吧。"

埃米莉可能还想说些什么，但我已经把电话挂了，大步走进厨房，决心不让我现在坚定的心情很快消失。事实上，我现在慢慢地越来越兴奋，想不通之前怎么会让自己那么绝望。我搜遍厨房的柜子，把我需要的香料和调味品在炉子旁整整齐齐地摆成一排。然后我各取适量倒进水里，很快地搅拌一下，开始找靴子。

楼梯底下的储物柜里藏着一大堆破破烂烂的鞋子。我搜寻了一番，发现确实有一只查理方子里的靴子——有一只特别破烂的靴子，脚后跟的边上结着陈年泥土块。我用指尖捏住鞋，拿到厨房里，小心翼翼地底朝上放进锅里。接着我打开炉子，开到中火，然后就坐下来，等水开。当电话再次响起时，我真不愿意离开我的锅，但我听见查理在答录机里说啊说，最后我还是把火关小，去接电话。

"你刚刚说什么呢？"我问。"听起来一副可怜样。我很忙，没听清。"

"我到旅馆了。只有三星级。你能相信这种厚颜无耻的事吗！那么大一家公司！房间也小得要命！"

"可你就住两三个晚上……"

"听着，雷，之前我没有完全说实话。我觉得对你不公平。毕竟你是在帮我，在尽全力帮我，帮我弥补和埃米莉的关系。而我却没有对你诚实。"

"你要是想说狗气味的配方，已经太迟了。我已经全都弄下去了。我想也许还可以再加一种香料什么的……"

"我之前没有对你诚实是因为我没有对自己诚实。可现在离开了家，我的脑子清楚多了。雷，之前我跟你说没有第三者不完全正确。有这么个女生。没错，年轻女生，顶多三十出头。她很关心发展中国家的教育，关心更加公平的全球贸易。她吸引我的不是性,那只能说是副产品。是她还未失去光泽的理想主义,让我想起以前的我们。记得吗,雷?"

"对不起,查理,我不记得你以前特别理想主义。说实话,你一直很自私,喜欢享乐……"

"好吧,也许以前我们都是一群没用的笨蛋,我们这些人。可是在我心里一直有另一个我想要跳出来。这就是她吸引我的地方……"

"查理,这是什么时候的事?什么时候开始的?"

"什么什么时候开始的?"

"婚外情。"

"没有什么婚外情!我没有和她性交,没有。连一起吃饭都没有。我只是……我只是喜欢看见她。"

"什么意思,喜欢看见她?"我边说边踱进厨房,盯着那锅东西。

"啊,我喜欢看见她,"他说。"我总是找机会见她。"

"你是说她是应召女郎。"

"不是,不是,我说了,我们没有性交。不是,她是个牙医。我老去找她,说这里痛,那里不舒服,能多去几次就多去几次。当然,最后埃米莉怀疑了。"说到这里,查理好像在强忍着不哭出来。但大坝还是决堤了。"她发现了……她发现了……因为我老用牙线清洁牙齿！"他现在几乎是在叫嚷。"她说，你从来没有这么勤快地清洁牙齿……"

"可这说不通啊。你越保护你的牙，就越没有理由去找她了……"

"谁管它说得通说不通？我只想取悦她！"

"听着，查理，你没有跟她约会，没有跟她性交，那有什么问题？"

"问题就在于，我太想要这么一个人，一个能把关在我心里的那个自我放出来的人……"

"查理，听我说。接了你上一次的电话以后，我就大大地振作了。老实说，我觉得你也应该振作起来。你回来以后我们可以把这整件事好好地谈一谈。可埃米莉再过大概一个小时就回来了，我得把一切都布置好。我这儿正忙着呢，查理。我想你可以从我的声音里听出来。"

"笑死人了！你正忙着呢。很好！他妈的什么朋友……"

"查理，我想你是不喜欢那个旅馆才会这么心烦意乱的。但你应该振作起来。理智一些。打起精神。我这儿正忙着呢。我得先解决狗的事，然后我会尽全力帮你。我会对埃米莉说：'埃米莉，看看我，看看我多没用。'其实，很多人都和我一样没用。可是查理他不一样。查理比我们优秀。"

"你不能这样说。太假了。"

"我当然不是照这样说了,白痴。听着,交给我吧。一切都在我的掌握之中。你要冷静。好了,我得挂电话了。"

我放下电话,查看锅里的东西。锅里的液体已经沸腾了,不断冒着蒸汽,可是还没有什么味道。我把火开得再大一点,锅里开始不停冒泡。这时,我突然很想呼吸一下新鲜空气,而我又还没去过他们的天台,于是我打开厨房门,走了出去。

对于六月初的英国,今晚特别暖和。只有微风中的少许凉意提醒我现在不是在西班牙。天还没有全黑,但已经布满了星星。越过天台尽头的那堵墙,我能望见数英里内的窗户和几码内邻居屋里的家具。很多人家的窗户都亮了;眯起眼,远处的窗户就像星星的延伸。天台不大,却很有情调。你可以想象一对夫妇在繁忙的都市生活中,在一个温和的夜晚,到天台上来,手挽着手,漫步于盆栽的小树丛里,交换彼此一天的故事。

我本可以再多待一会儿,但我怕我的干劲消失,就回到厨房里,走过冒着泡的锅,走到客厅的入口,端详着我之前的布置。突然,我意识到我犯了一个大错,我完全没有从亨德里克斯的角度来想问题。现在我明白了事情的关键是把自己当作亨德里克斯。

这么一来,我发现不仅我之前的努力全是白费,而且查理的建议大多都没有用。一只精力过剩的狗怎么会从音响中间把一只小瓷牛拔出来砸碎呢？割开沙发、掏出海绵这事儿也太不现实了。亨德里克斯得有剃刀般的牙齿才能做到。厨房里弄翻糖罐的主意还行，可是我发现客厅得完全重新布置。

我弯着腰走进客厅，以便更好地从亨德里克斯的视角来看东西。我一眼就看见咖啡几上的那堆杂志是最明显的目标。于是我一把把书扫了出去，就像一只畜牲用嘴甩出去的一样。书掉在地板上的样子看起来很真实。我受到了鼓舞，跪下来，翻开一本杂志，揉碎其中的一页，希望能模仿日记本的效果，但结果并不理想：一看就是人手弄的，不像狗的牙齿弄的。我又犯了之前的错误：我还没有完全把自己当作亨德里克斯。

这次我四脚着地，低下头，把牙齿伸进同一本杂志。味道香香的，不是很糟。我翻开另一本掉在地上的杂志，翻到中间，重复同样的动作。我渐渐领悟到，最理想的动作跟在露天市场里玩不用手咬起浮在水里的苹果的游戏类似。轻轻地咀嚼、下巴不停地轻盈摆动，效果最好：这样书页就会变得乱糟糟、皱巴巴的。相反，咬得太用力只会把书页都"钉"在一起，没有明显效果。

我想我太在意这些细节，才没有早点发现埃米莉站在走廊里，就在门口，看着我。看见她，我的第一反应不是害怕或者尴尬，而是受伤：她居然就那么站在那里，不告诉我说她回来了。

想到几分钟前我为了避免现在这种情况还特意打电话给她,我觉得自己被骗了。这大概就是为什么我的第一个动作只是疲惫地叹了口气,仍旧四脚着地跪在地上,没有起来。我看着埃米莉走进屋子,一只手很温柔地搭在我的背上。我不确定她有没有跪下来,但她说话时,脸离我很近。

"雷蒙德,我回来了。我们坐下来吧,好吗?"

说着,她扶我起来,我强忍着不把她推开。

"真奇怪,"我说。"几分钟前你才说要去开会。"

"没错。可是接到你的电话以后,我发现有必要提早回来。"

"有必要?什么意思?埃米莉,你不用这样抓住我的胳膊,我不会摔倒的。你说有必要提早回来是什么意思?"

"你的电话。我后来明白你为什么打电话。你打电话找我求救。"

"没有的事。我只是想……"我停住了,因为我发现埃米莉正好奇地打量着客厅。

"哦,雷蒙德,"她轻声说,几乎是自言自语。

"我刚刚不小心把这里弄乱了,正在收拾,想不到你提早回来了。"

我弯下腰去捡倒在地上的落地灯,但是埃米莉拉住我。

"没关系,雷。真的没关系。待会儿我们可以一起收拾。你先坐下来休息。"

"埃米莉,我知道这儿是你家什么的。可是刚刚你为什么不声不响偷偷地进来?"

"我没有偷偷地进来,亲爱的。我进门时叫你了,可你好像不在。我就赶紧去了下厕所,出来时,咳,发现你在。好了,别说这些了。有什么关系呢?现在我回来了,我们可以一起过个轻松愉快的夜晚。坐下来吧,雷蒙德。我去泡茶。"

说着,她朝厨房走去。我正在摆弄落地灯的灯罩,过了一会儿才记起厨房里在煮什么——可为时已晚。我侧耳倾听她的反应,可是什么声音也没有。最后,我放下灯罩,朝厨房门口走去。

长柄锅还在均匀地冒着气泡,蒸汽从靴子周围冒出来。而且味道出来了,在外面没注意,厨房里就很明显。那味道闻起来自然很辛辣,有点像咖喱。但最主要的是像你走了很长时间的路以后,把臭汗淋淋的脚从靴子里拔出来时的味儿。

埃米莉站在离炉子几步远的地方,伸长脖子,从一个安全距离看清锅里的东西。她好像完全被眼前的景象迷住了,我苦笑了一声表明我在,她没有转移视线,更没有转身。

我从她身边挤过去,在桌子旁坐下。最后,埃米莉终于亲切地微笑着转向我说:"这主意真是太可爱了,雷蒙德。"

说完,她的视线又不由自主地回到了炉子上。

我看见面前放着被我弄倒的糖罐——和日记——突然感到一股巨大的疲惫。一切都完了,我唯一的出路就是放弃所有的把戏,如实交待。我深吸了一口气,说道:

"是这样的,埃米莉。事情好像有点古怪,但一切都是因为你的日记本。就这本。"我翻开被我捏烂的那一页给她看。"我真的很对不起,我真不该这样做。我顺手翻开了你的本子,然后,然后不小心弄坏了这一页。像这样……"我轻轻地把先前的动作又做了一遍,然后看着她。

出人意料的是,她只匆匆扫了一眼本子,就又看着炉子,说:"哦,那只是一本记事本。没有什么隐私。不用担心,雷。"说完她向前走了一步,好把锅里的东西看得更清楚些。

"什么意思?不用担心?你怎么能这样说?"

"怎么了,雷蒙德?那本子只是用来记一些我怕忘记的事。"

"可是查理跟我说你会发飙!"看来埃米莉全忘了她写了我什么,我更生气了。

"真的?查理跟你说我会生气?"

"是!他说有一次你跟他说,他要是敢看这小本子,你就把他的蛋蛋割下来!"

我不确定埃米莉一脸的疑惑是因为听了我的话,还是还没从那锅东西中缓过来。她在我旁边坐下,思索起来。

"没有,"过了好一会儿,她说道。"是别的事。我现在想起来了。去年大概这个时候,查理为了什么事情很沮丧,问我要是他自杀了,我会怎么办。他只是在探试我,他那么胆小,根本不可能去做那种事。可是他问了,我就回答他说要是他自杀了,我就把他的蛋蛋割下来。我就只有那次跟他说了这个。我意思是,这又不是我的口头禅。"

"我不明白。要是他自杀了,你要割他的蛋蛋?死了以后?"

"这只是一个比方,雷蒙德。我只是想说要是他自杀了,我会多讨厌他。我想让他自信起来。"

"你没明白我的意思。死了才割不算是阻止他吧?也许你说得对,这样会……"

"雷蒙德,别说这些了。我们别说这些了。我们昨天吃羊肉砂锅,还剩大半锅。味道很不错,今天再炖一炖味道会更好。我们还可以开瓶上好的波尔多。我很高兴你动手准备晚餐,但是我们今晚吃砂锅吧,你说呢?"

如今我不想再解释了。"好,好。羊肉砂锅。很好。行,可以。"

"那……把这些扔了吧?"

"嗯,对。扔了吧。"

我站起来，走进客厅——客厅还是一团糟，但我没有力气收拾了。我一屁股躺倒在沙发上，盯着天花板。过了一会儿，我听见埃米莉也到客厅里来了，我以为她要到走廊去，但她走到客厅的另一头，蹲下来摆弄音响。不一会儿，屋里响起了优美、忧郁的管弦乐声，然后是萨拉·沃恩的《爱人》。

我突然感到无比轻松、宽慰，和着缓缓的拍子，闭上眼睛，想起许多年以前，在埃米莉的宿舍里，我们俩争论说这首歌比利·霍利迪是不是每次都唱得比萨拉·沃恩好，争论了一个多小时。

埃米莉碰了碰我的肩膀，递给我一杯红酒，自己手里也拿着一杯。她的套装外系着一条镶边围裙。她在沙发的另一头、我的脚边坐下来，抿了一口酒。然后用遥控器把音量关小。

"乱糟糟的一天，"她说。"不单单是工作，今天公司里一团糟。还包括查理离开什么的。别以为我不难过，我们还没和好他就这么出国去。最后，你又这个样子。"她长长地叹了口气。

"不，不是的，埃米莉，没有那么糟。首先，查理很爱你。至于我，我很好。真的很好。"

"胡说。"

"是真的。我感觉很好……"

"我是说你说查理很爱我。"

"哦，这个。你要是觉得我是胡说，那你就大错特错了。事实上，我知道查理比以前更爱你。"

"你怎么知道，雷蒙德？"

"我怎么知道……首先，中午吃饭时，他就是这个意思。就算他没有直说，我也看得出来。你瞧，埃米莉，我知道现在事情是不太如意，但你应该记住最重要的一点，那就是查理仍旧非常爱你。"

她又叹了一口气。"知道吗？我好几年没听这张唱片了。都是因为查理。我一放这些唱片，他立马反对。"

我们都不说话，静静听着萨拉·沃恩的歌声。歌曲间奏的时候，埃米莉说道："雷蒙德，我想你更喜欢她的另一个版本。只有钢琴和贝司伴奏的那个。"

我没有回答，只是坐直了些，喝了一小口酒。

"肯定是，"她说，"你更喜欢那个版本，对不对，雷蒙德？"

"这个嘛，"我说，"我不知道。老实说，我不记得那个版本了。"

我能感觉到埃米莉在沙发那头动了动。"开玩笑，雷蒙德。"

"真好笑，可我最近不大听这些东西了。老实说，我已经忘得差不多了。我都记不得现在这首是什么歌了。"说完，我笑了笑，但可能笑得有点奇怪。

"你那是什么话？"埃米莉突然生气了。"太荒唐了。除非你把脑子给切了，不然你是不可能忘记的。"

"啊。过去好多年了。变了。"

"你那是什么话？"这次她的声音里透出丝丝的恐惧。"不可能变那么多。"

我实在不想再说下去，就转移话题："工作不顺利真是够呛。"

埃米莉根本不理会。"那你是什么意思？你是说你不喜欢这个？你要我把它关掉，是不是？"

"不，不是，埃米莉，别这样，很好听。而且……而且勾起我的回忆。拜托，让我们回到刚才，一分钟以前安安静静、轻轻松松的样子。"

埃米莉又叹了一口气。当她再次开口时，又变得很温柔了。

"对不起，亲爱的。我忘了。你最不希望我朝你大嚷大叫。我很抱歉。"

"不，不，没关系。"我坐了起来。"要知道，埃米莉，查理是个好人。很优秀的人。而且他爱你。你不可能找到比他更好的了。"

埃米莉耸耸肩，喝了口酒。"也许你说得对。而且我们不年轻了。事情变成这样我们双方都有责任。我们应该觉得自己是幸运的。可是我们似乎从来不满足。我不知道为什么。因为每当我静下来细想,我知道除了他我不是真的想要其他人。"

埃米莉不说话了,只是喝着酒,听着音乐。过了一会儿她接着说:"雷蒙德,就好像你参加派对、舞会。正慢慢地跳着舞,跟你最想在一起的人在一起,房间里的其他人就会消失。可不知为什么,不是这样的。不是。你很清楚其他人都比不上你怀里这个。可是……可是,房间里都是人。这些人让你不得安宁。不停叫啊喊啊,招呼你啊,做各种蠢事吸引你的注意。'哦,你怎么能这样就满足了呢?!你可以找到更好的!看看我!'他们好像一直在朝我喊这样的话,越来越让人受不了,结果你没法安安静静地跟你喜欢的人跳舞。你懂我的意思吗,雷蒙德?"

我想了想,才答道:"我没有你和查理幸运。我没有像你们一样找到一个挚爱。但从某些方面来说,我懂你的意思。人很难知道哪里可以安身,何以安身。"

"太对了。我希望这些不请自来的人走开。我希望他们走开,让我们过我们自己的。"

"要知道,埃米莉,我刚刚说的不是在开玩笑。查理很爱你。跟你闹得不愉快他也很伤心。"

此时埃米莉几乎是背对着我,而且很久都没有说话。萨拉·沃恩缓缓地唱起优美的超慢版《四月的巴黎》。这时,埃米莉突然站了起来,好像萨拉喊了她的名字。她转向我,摇摇头。

"我不相信,雷。我不相信你不再听这些歌了。以前我们常常一起听这些唱片。用妈妈在我上大学前给我买的那台小电唱机。你怎么可以忘记了呢?"

我站起来,拿着酒杯,走到落地窗前。我往天台上望去,发觉眼睛里充满泪水。于是我打开窗子,走了出去,想趁埃米莉不注意把眼泪擦掉。但是她跟了出来,不知道她是不是看到了。

那晚温暖宜人,萨拉·沃恩的歌声和乐队的伴奏声飘到了天台上。星星比刚才更亮了,邻居家的灯光依旧像夜空里的星星一样眨着眼睛。

"我喜欢这首歌,"埃米莉说。"我想你连这首也忘了吧。但就算你不记得了,我们还是可以跟着音乐跳支舞,对不对?"

"是。我想可以。"

"我们可以像弗雷德·阿斯泰尔和金洁·罗杰斯① 一样。"

"是,我们可以。"

我们把杯子放在石桌上,开始跳舞。我们跳得不是很好,老撞到对方的膝盖,但是我把埃米莉紧紧地抱着,全身心地感觉着她的衣服、头发、肌肤。这样抱着她再次提醒我她胖了不少。

"你说得对,雷蒙德,"她在我耳边轻声说道。"查理是个好

---

① 百老汇两位著名舞蹈家,银幕上最受欢迎的一对舞伴,两人在电影里的合作被称为世界上"最佳交际舞"。

人。我们会好起来的。"

"是。当然了。"

"有你这个朋友太好了,雷蒙德。没有你我们怎么办?"

"我很高兴我是个好朋友。除此之外我一无是处。老实说,我真的很没用。"

我感到肩膀被重重地拍了一下。

"别说这种话,"埃米莉轻声说道。"不许说这种话。"过了一会儿,她又说了一遍:"有你这个朋友真是太好了,雷蒙德。"

埃米莉放的是萨拉·沃恩1954年版的《四月的巴黎》,克利福德·布朗演奏的小号,所以我知道这首歌很长,至少有八分钟。我很高兴,因为我知道歌曲一结束,我们就不会再跳舞了,而是进去吃砂锅。而且我知道,到时埃米莉就会重新考虑日记本的事,这次她不会再觉得不是什么大不了的事了。谁知道呢?可是至少还有几分钟我们是安全的,我们就这么在星空下跳舞。

莫尔文山

春天，我在伦敦度过。总的来说，虽然我没有完成所有的预定任务，但这段日子还是相当激动人心的。然而，随着日子一天天过去，夏天临近，以往的烦躁不安又回来了。比方说，我隐隐地害怕再遇见以前的大学同学。当我在卡姆登区闲逛时，当我搜寻着我在西区大商场买不起的CD时，总能遇见以前的同学，问我自从离开学校出来"追求功名利禄"以后，混得怎么样。我不是不好意思告诉他们我的现状，而是他们没人——除了极少数的几个例外——能理解对现在的我来说，什么才叫"成功的"数个月。

我说了，我没有完成所有的预定任务，但这些任务更像是长期的奋斗目标。所有的这些试音，就算是最无聊的，也是很宝贵的经验。几乎每一次我都不会空手而归，我都能了解到一些伦敦，甚至全世界乐坛的事情。

有的试音挺正式的。你到一个仓库或改装的车库里去，有经理或者乐队成员的女朋友记下你的名字，端茶给你，叫你等一会儿，这时隔壁传来很大声的、乐队时断时续的演奏。但是大部分试音则很随便。事实上，看了大多数乐队行为处事的方式之后，你就会明白为什么伦敦乐坛每况愈下。我一次次穿梭于伦敦郊区不知名的街道间，带着我的原声吉他走上楼梯，走进散发着霉味的公寓。屋子里的地板上垫子和睡袋扔得到处都是。乐队的人嘴里一直嘀咕着，几乎不看你的眼睛。我弹唱的时候他们只是两眼空洞地看着你，直到其中一个人叫我停下来，说："噢，可以了。谢谢你来试音，但这跟我们的风格不太一样。"

我很快就发现这些人其实很多都很害羞，对试音这事儿很不自在。若我和他们聊些别的，他们就放松多了。我就是这样收集到各种有用的信息的：哪儿有有意思的夜总会，哪个乐队需要吉他手。或者只是推荐你听听哪里的乐队。我说了，我从来不会空手而归。

基本上大家都觉得我吉他弹得不错，很多人还说我的声音很适合和声。但我很快就发现有两个因素对我不利。一是我没有装备。很多乐队都希望找到一个自带电吉他、扩音器、喇叭，最好还有交通工具的人，能够马上开始和他们一起表演。我只有两条腿和一把破破烂烂的原声吉他。所以不管他们多喜欢我的演奏或声音，都不得不叫我走人。公平得很。

另一主要障碍才让人难以接受——而且我得说，这一点是我完全没有预料到的。我自己写歌竟然成了问题。真不敢相信。我在某个乱糟糟的公寓里，对着一群面无表情的脸孔演奏，弹完了以后，经过十五、甚至三十秒钟的停顿，会有一个人疑惑地问道："这是谁的歌？"我说是我自己的歌，刷的一声，窗子关上了。耸肩的耸肩，摇头的摇头，还诡异地互相笑一笑，然后送上他们打发人的那套说辞。

在这种情况发生到第无数次的时候，我实在生气了。我说："我不明白。难道你们想永远做一支翻唱乐队？就算是这样，你们以为那些歌打哪儿来的？当然是有人写的！"

可是听我说话的那个人一脸茫然地看着我，说："没有冒犯之意，伙计。只是写歌的浑球儿太多了。"

似乎整个伦敦乐坛都是这种傻瓜论调。正是这一点使我相信：在这里，就在最根部，有一种就算不是完全腐烂，但至少也是极其肤浅、极其虚伪的东西在蔓延；这种现象无疑直达最上层，反映了整个音乐界的现状。

这一发现，加上夏天临近，使得我再没有地方可以寄居，我决定：虽然伦敦魅力四射——我的大学生活跟它一比，真是暗淡无光——我还是离开一阵子的好。于是我打电话给家姐玛吉。她和丈夫在莫尔文山经营一家小餐厅。就这样,我决定这个夏天和他们一起住。

* * *

玛吉比我大四岁,而且老是为我担心,所以我知道她一定赞成我到她那里去。其实,我还知道她很高兴有人帮她。我说她在莫尔文山开小餐厅,并不是指在大莫尔文镇或一级公路上,而是确确实实在山上。餐厅是一栋维多利亚时期的老房子,面朝西独自屹立在山上,因此天气晴朗时,可以把茶和蛋糕拿到店外的露台上去,俯瞰整个赫里福郡的景色。冬天的时候只得关门大吉,但夏天则总是忙得不可开交。客人主要是本地人——他们把车停在山下一百米的"西英格兰"停车场,穿着凉鞋和花花绿绿的衣服,气喘吁吁地沿着小路爬上来——有时也有手拿地图、穿戴整齐、徒步登山的游客。

玛吉说她和杰夫没钱付我工资,这正合我意,因为这样我就不用做得很辛苦。但是既然我在这里吃、在这里住,大家自然把我当作第三名店员。一开始的时候事情有点乱,特别是杰夫,有时很想揍我一顿,因为我干得太少,有时又不好意思叫我做事情,好像我是客人。但情况很快就步入了正轨。工作很简单——我特别会做三明治——但我得时不时提醒自己不要忘了最初决定来乡下的主要目的,是为了写一批新歌,秋天回伦敦的时候用。

我天生就是个早起的人,但是我很快就发现店里的早餐时间真是噩梦:客人要的蛋要做成这样、面包要烤成那样,东西常常煮过头。于是我决定十一点之前不出现。当楼下吵吵嚷嚷的时候,我打开房里的凸窗,坐在宽大的窗台上,面向绵延数英里的山丘弹奏吉他。我刚来的时候,一连几个早上都是大晴天,感觉好极了,景色一望无际。我随意拨弄琴弦,琴声好像能传遍整个英国。只有当我把脑袋伸出窗外,才会看见底下餐厅的露台,看见人们牵着狗、推着婴儿车进进出出。

我对这个地方并不陌生。玛吉和我就在离这里只有几英里的珀肖尔长大,父母经常带我们到山上来散步。可是那时候我不喜欢这里,等我长大一点,我就不跟他们一起来了。但是那年夏天,我感到这里是世界上最美的地方;感到从许多方面说来,我来自并且属于这片山丘。这种感觉也许跟我们的父母已经离异有关,多年来,理发店对面的那间灰色小屋不再是"我们的"家了。不管是什么原因,现在我对这里的感觉不再是童年印象中的幽闭、可怕,而是亲切,甚至是怀念。

我几乎每天都到山上去走一走,要是确定不会下雨的话,还会把吉他带上。我特别喜欢位于山脉北端的桌山和尾山,当天来、当天回的人一般不会到这里来。有时候,我在这里坐上好几个小时,独自思考,一个人影也见不到。感觉就好像我是第一次发现这里,有无数的新旋律在我脑子里冒出来。

然而在店里帮忙就是另一回事了。做三明治的时候,总有一个熟悉的声音或面孔,朝柜台这边过来,把我猛地拉回到过去。父母的老朋友会过来盘问我的近况,我只好瞎扯一通,直到他们不再烦我。离开之前他们常常会一边看我切面包、切西红柿,一边点点头,说"啊,至少你现在有事可做"之类的话,才拿着杯子、碟子蹒跚地回到座位上去。有时是遇见我的老同学,操着一副新学来的"大学"腔跟我搭话,对最新的蝙蝠侠电影评头论足一番,或者侃侃而谈世界贫困的根本原因。

我不是真的介意这些事,有些人我很高兴见到他们。可是那年夏天,当这个人走进店里时,我一看见她浑身就僵掉了。等我想到我应该躲到厨房里去时,她已经看见我了。

这个人就是弗雷泽太太——或者按照以前我们的叫法:哈格·弗雷泽。当她牵着一只脏兮兮的小斗牛犬进来时我一眼就认出了她。我真想告诉她不可以带狗进来,虽说很多人进来点餐时都会把狗带进来。哈格·弗雷泽是我在珀肖尔读书时的一个老师。谢天谢地,她在我上中学六年级以前就退休了,可是她的阴影却留在了我整个读书阶段。除她之外，学校里的日子并不坏，可是她从一开始就讨厌我、处处为难我，面对她这种人，一个十一岁的小孩子只能逆来顺受。她所用的伎俩是变态老师常用的那种，比如上课时专挑我不会的问题叫我起来回答，让全班同学笑话我。后来就更高明了。记得有一次，我十四岁那年，一个新来的老师，特拉维斯先生，在课堂上跟我互相开玩笑，不是挖苦我的笑话，而是好像我们是朋友，同学们都笑了，我感觉挺好。可是两天后，我下楼梯时，碰巧特拉维斯先生和她一起说着话，迎面走来。我走过去时，哈格·弗雷泽把我叫住，说我迟交作业还是什么的，把我臭骂一顿。她这么做的目的是让特拉维斯先生知道我是个"捣蛋学生"；要是特拉维斯先生以为我是个值得他尊敬的孩子，就大错特错了。或许是因为她年纪大，我说不准，但是其他老师好像从来都不怀疑她，都把她的话当真。

那天哈格·弗雷泽进来时显然认出了我，但她既没有笑一笑也没有叫我的名字。她要了一杯茶和一包奶油夹心饼干以后就到露台去了。我以为事情就这样了，没想到过了一会儿，她又进来，把空茶杯和空碟子放到柜台上，说："我想你不会去收拾桌子，就自己拿进来了。"她还是用以前那副"真想揍你"的眼神看我，目光在我身上多停留了两三秒钟才离开。

我对这个老妖婆的仇恨一下子又回来了。几分钟后玛吉下来时，我已经是怒不可遏。她一眼就看出来，问我怎么了。那时只有几个客人在露台上，屋里没人，我就大喊大叫起来，把哈格·弗雷泽骂得狗血淋头。玛吉要我冷静下来，然后说：

"她不再是谁的老师了，只是一个丈夫离她而去的可怜的老妇人。"

"活该。"

"可你应该稍微同情她一下。正当她准备享受退休生活时，她的丈夫却为了一个比她年轻的女人而抛弃了她。如今她只得自己一个人经营旅馆，人们都说那个地方一天不如一天了。"

玛吉的话让我高兴了不少。我很快就把哈格·弗雷泽抛到了脑后，因为来了一群人，要很多金枪鱼沙拉。几天以后，我在厨房里和杰夫闲聊时，知道了更多的细节：比如说她结婚四十多年的丈夫怎么跟他的秘书跑了；又比如他们的旅馆最初经营得还可以，可是后来谣传客人们都要求退钱，或者刚住进去没几个小时就退房。我亲眼见过那地方一次，一天我帮玛吉去采购东西时开车路过。哈格·弗雷泽的旅馆就在埃尔加路[①]上，是一栋挺大的

[①] 伍斯特郡为纪念当地名人、英国著名作曲家爱德华·威廉·埃尔加爵士（1857—1934）而将与其生平有关的四十多个地方连在一起，组成一条约四十英里的环形公路。

花岗岩房子,特大的牌子上写着"莫尔文旅馆"。

可是我并不想多说哈格·弗雷泽的事。我对她或她的旅馆不感兴趣。我在这里说到她是为以后的事——蒂洛和索尼娅的出现——做交待。

那天杰夫到大莫尔文镇上去了,只有我和玛吉坚守岗位。午饭的客流高峰已经差不多过去了,但是"德国佬"进来时,我们还挺忙的。一听到他们的口音我脑子里马上就想到"德国佬"。不是种族歧视,而是当你站在柜台后面,要记住谁不要甜菜、谁多要一份面包、谁又多点了什么时,就不得不把客人都区别开来,给他们取外号、记住他们的外貌特征。那个驴子脸要一份面包、腌菜配奶酪和两杯咖啡。温斯顿·丘吉尔和他老婆要金枪鱼配蛋黄酱的法式长棍三明治。我就是这么记的。因此,蒂洛和索尼娅就成了"德国佬"。

那天下午很热,可是大多数客人——都是英国人——还是想坐在外面的露台上,有些还不用遮阳伞,想把皮肤晒得通红。那两个"德国佬"却决定坐在里面乘凉。他们穿着普通的宽松驼色裤子、运动鞋和T恤衫,但看上去挺聪明,欧洲大陆来的人常给人这种感觉。我猜他们四十多岁,或者五十出头——那时我没太在意。他们一边吃饭一边轻声交谈,跟大多数欧洲来的和蔼的中年夫妇没什么两样。过了一会儿,那个男的站起来,在店里头溜达，走到玛吉挂在墙上的一张褪色老照片前时停下来欣赏，那是这所房子1915年时的照片。然后他伸展了一下胳膊，说道：

"你们这儿的景色真漂亮！瑞士也有很多漂亮的山，可你们这儿的不一样。瑞士是高山，你们这儿是小山，但平缓、亲切，有自己独特的魅力。"

"哦，您是从瑞士来的，"玛吉礼貌地说。"我一直想去瑞士。阿尔卑斯啊、缆车啊，听上去很棒。"

"是啊，我们国家有很多美景。但是这里，这个地方，有一种特殊的魅力。我们很早以前就想到这里来了。说了那么久，现在终于来了！"说着他开怀大笑。"真高兴啊！"

"太好了，"玛吉说道。"祝愿你们玩得开心。你们会在这里待很久吗？"

"我们还可以再待三天，然后就得回去工作。很多年前我们看了一部关于埃尔加的纪录片，从那以后就一直想来这里。显然埃尔加热爱这些山，骑着自行车把这些山都走遍了。如今我们终于来了！"

接下来的几分钟，玛吉和他聊起了他们到过的英国景点，在这里哪些地方值得一看，就是你常跟游客聊的那一套。这些话我听了无数遍了，自己也能不假思索地说一遍，所以渐渐把注意力移开。我只听见这两个德国佬其实是瑞士人，正在租车旅游。那男的反复赞美英国是个很棒的地方，英国人都很友好，有时玛吉插几句玩笑话，他都会哈哈大笑。可是我说了，我把注意力移开了，觉得他们只是一对挺无趣的普通夫妇。过了一会儿我又开始注意他们，因为我发现那男的一直想把他妻子带到谈话里来，可他妻子就是不说话，眼睛直盯着旅游指南，好像根本不知道有人在跟她说话。这让我留意他们。

他们两个的皮肤都被晒黑了，肤色自然、均匀，不像外面那群满头大汗、皮肤红得活像龙虾的当地人。尽管上了年纪，两人身材还都很好，身体健康的样子。男的头发灰白，但是浓密，梳得很整齐，虽说有点阿巴乐队①的感觉。女的是金黄头发，差不多褪成白色的了，表情严肃，嘴角有几道小皱纹，要不然这会是一张美丽的中年女人的脸。而那个男的就像我刚说的那样，一直想把他妻子带到谈话里来。

"当然了，我妻子很喜欢埃尔加，很想去看看他出生的房子。"

沉默。

或者："我得承认我不太喜欢巴黎。我更喜欢伦敦。可是索尼娅她喜欢巴黎。"

---

① 瑞典流行乐队名（1973—1982）。

没有回答。

每次他说这些话时,都要转头看看坐在角落的妻子,玛吉只好也朝她那里看一看。可他妻子只顾看书,头也不抬一下。那男的似乎不觉得有什么不对,仍旧兴高采烈地说个不停。然后他又一次伸展了一下胳膊,说:"请原谅,我想我要出去欣赏一下你们这里的美丽景色!"

他走了出去。起先我们看见他在露台上溜达,后来就不见了。他妻子仍旧坐在角落里读旅游指南。一会儿,玛吉过去擦桌子。那女的完全没有理睬玛吉,直到我姐姐要把还剩一小块面包卷的盘子收拾走时,她突然啪地放下书,挺大声地说:"我还没吃完呢!"

玛吉向她道歉,放下盘子,走开了——而我看她根本没有去动那盘子。玛吉从我身边走过去时看了我一眼,我耸耸肩。过了一会儿,我姐姐很客气地问那女的还要不要别的。

"不,不要了。"

我能听出来那女的不想别人去吵她,可是对于玛吉来说,她条件反射地问道(好像她真的想知道):"食物什么的都还好吗?"

那女的只是看书,好像没有听见。过了五六秒钟,她才放下书,看着我姐姐,说:

"既然你问了,我就告诉你。食物很好,比附近其他鬼地方的好多了。可是,我们只不过要了三明治和沙拉,却等了三十五分钟。三十五分钟。"

突然间我意识到这个女人满腔怒火。不是突然间来了气,等下就会没了。不是,我看得出这个女人已经憋了一肚子火了。她是那种一旦生气就不会轻易消气的人,怒气会维持在一个固定的水平,类似严重的头痛,不会达到顶点,但也不想发泄出来。玛吉一向脾气好,不会察觉到这些征兆,大概以为对方只是在合情合理地抱怨。玛吉向她道歉,然后说:"可是您看,刚才客人太多了……"

"肯定每天都这样咯?不是吗?不是这样?到了夏天,天气好的时候,才会有这么多客人?是吗?那你们为什么不能提前准备好呢?每天都有这么多客人超出你们的预料了,你是想这么说吗?"

那女人本来看着我姐姐,我从柜台后面走出来站在玛吉旁边,她就把目光转移到我身上。可能是因为我脸上的表情,我感觉她的怒气又增加了两度。玛吉转头看我,轻轻把我推开,可我没动,一直看着那个女人。我要她明白这不单单是她和玛吉之间的事。谁知道事情可能变成什么样,可就在这时,她丈夫回来了。

"这儿的风景太棒了！很棒的风景，很棒的午餐，很棒的国家！"

我等着他明白这会儿的情况，可就算他注意到了，也没太在意的样子。他微笑着对他妻子说（或许是因为我们的缘故他说英语）："索尼娅，你真该去看看。就沿着那边那条小路一直走到头！"

他妻子则用德语回答他，然后又埋头看书。他往里走了些，对我们说：

"本来我们今天下午要继续开车到威尔士去的。可是你们这儿的莫尔文山太漂亮了，我真想剩下这三天就都待在这里得了。要是索尼娅同意，那就太好了！"

他看看他妻子，对方耸耸肩，又说了几句德语。说完，男的开怀大笑。

"太好了！她同意！那就这么定了。不去威尔士了。接下来这三天我们就都待在你们这里！"

说完朝我们笑了笑，玛吉应了几句客套话。看见他妻子把书收起来准备离开，我松了口气。那男的也走回餐桌，提起一个小背包，搭在肩上。这时他问玛吉：

"我在想不知你能不能介绍一家附近的小旅馆给我们？不用太贵的，但要舒适、整洁。带点英国味儿的就更好了！"

玛吉一时不知怎么回答,净问些没有用的问题,比如:"你们想要什么样的旅馆?"而我马上说道:

"这附近最好的旅馆是弗雷泽太太的。就在去伍斯特郡的路上。叫莫尔文旅馆。"

"莫尔文旅馆!好像正是我们需要的!"

玛吉不以为然地转过头去假装继续擦桌子,我则把旅馆的位置详细地告诉他们。然后这对夫妇就离开了,那男的满面笑容感谢我们,那女的没有回头看一眼。

我姐姐疲惫地看了我一眼,摇摇头。我却笑了笑,说:

"你得承认,那女的和哈格·弗雷泽真是天生一对。机不可失。"

"你倒好,给自己找乐子,"玛吉推开我,走到厨房里去。"我可得住在这里。"

"那又怎么样?听着,你再也不会见到那两个德国佬了。而要是哈格·弗雷泽知道我们把她的旅馆介绍给过路的游客,她还有什么好抱怨的?"

玛吉摇摇头,可是这次不再板着一张脸了。

* * *

德国夫妇走了以后店里安静了许多,后来杰夫回来了,我觉得自己已经做了超出我应做的份儿，就上楼去了。我回到房间，拿出吉他坐在窗台上，开始全神贯注地继续想一首写到一半的歌。可后来——好像才没过多久——我就听见楼下来喝下午茶的客人渐渐多起来了。若又像平时一样客人太多，玛吉肯定会叫我下去的。我决定我最好偷偷溜出去，到山上继续写歌。

我从后门出去，没有遇到一个人，一出来就感到到外面来太好了。天还很热，特别是我背着吉他箱，但是微风习习、沁人心脾。

我朝上周发现的一处地方走去。这个地方在餐厅后面，要先爬一段陡峭的小路，再走一段较平缓的斜坡，走几分钟，就来到了这条长椅跟前。我精心挑选了这个地方，不单单因为这里风景好，还因为这里不在山路的交界处，没有大人带着筋疲力尽的小孩气喘吁吁地走过来坐在你旁边。但另一方面，这里也不是完全看不见人，偶尔会有散步的人经过，随意地跟你打声招呼，有时还会拿我的吉他开个玩笑，但都不会停下脚步。对此我并不介意。这样好像有听众，又好像没有，给了我所需的想象空间。

我在长椅上待了大约半个小时，突然感觉到刚刚有人像平常一样打了声招呼走过去，但现在站在几码远的地方不动了，看着我。我恼了，略带讥讽地说：

"好了,你们不用给我钱。"

只听一阵熟悉的开怀大笑,我抬起头来,看见那对德国夫妇朝长椅这折回来。

我马上想到可能他们去了哈格·弗雷泽的旅馆,发现我骗了他们,现在回来找我算账。可我又看见不仅是那个男的,连那女的也笑嘻嘻的。他们走回到我面前,那时太阳快落山了,所以有一会儿我只能看见他们的轮廓,身后是一轮巨大的落日。他们又走近了些,我看见两个人都惊喜地看着我的吉他——我还在弹着——像在看着一个婴孩。更令人吃惊的是,那女的跟着我的节拍点着脚。我突然觉得不好意思,便把手停下。

"嘿,接着弹!"那女的说。"你弹得真好听。"

"是啊,"男的说,"太好听了!我们远远地听到了。"他指了指。"刚才我们在那里,在那个山脊上。我对索尼娅说我听见弹琴的声音。"

"还有唱歌的声音,"女的说。"我对蒂洛说,听,有人在唱歌。我说对了,不是?刚刚你还唱了一小段。"

我一时无法接受面前这个面带微笑的女人就是中午刁难我们的那一个。我把他俩又仔细地打量了一番,生怕认错了人。可是错不了,他们还穿着刚才那身衣服,虽然那男的阿巴头型被风吹得有点乱。不管怎样,只听那男的说道:

"我想你是中午给我们做了好吃的那家餐厅里的那位先生?"

我说是。那女的又说:

"你刚刚唱的那首曲子。我们隐隐约约远远地听到了。我特别喜欢每一小节结束时的调子。"

"谢谢,"我说。"这是我的新歌,还没写完。"

"你自己写的歌?真是个天才!请把你的歌再唱一遍,像刚刚那个样子。"

"知道吗?"男的说,"你录这首歌的时候,一定要告诉制作人你要这首歌听起来是这种感觉。像这样!"他转身指了指我们面前一望无际的赫里福郡。"你一定要告诉他你要像这样的音响环境。你要听众像我们今天这个样子听到这首歌,下山的时候,在风中隐约听见……"

"不过当然要清楚些才行,"女的说。"不然听众就听不清歌词了。但蒂洛说得对。一定要让人联想到户外、空气、回声。"

两个人越说越激动,仿佛在山上遇到了又一个埃尔加似的。虽然我刚刚怀疑他们是来找我麻烦的,但现在禁不住热情以待。

"这个嘛,"我说,"既然我这首歌大部分时间是在这里写的,歌里有些这里的感觉也不奇怪。"

"没错,"两人一齐点点头说道。那女的又说:"别不好意思。

把你的歌拿出来跟我们分享。很好听。"

"好吧，"我随意拨弄着琴弦，说。"好吧，你们真想听的话，我就给你们唱一首。不唱这首还没写完的。唱另外一首。但是，你们这样子站在我面前我没法唱。"

"当然了，"蒂洛说。"是我们失礼了。我和索尼娅经常要在很多奇奇怪怪的场合表演，都忘了要替别的乐手着想了。"

他在小路旁找了块矮草地坐下，背对着我，面朝风景。索尼娅给了我一个鼓励的微笑，在他身旁坐下。她一坐下，蒂洛就把手搭在她的肩膀上，两人偎依在一起，好像当我不存在了，只是一对情意绵绵的夫妇在一起欣赏乡村的黄昏。

"那好，我唱了，"说完，我弹起了试音时经常唱的那首歌。我对着远处的地平线唱歌，但眼睛不停地去瞅他们两个。虽然我看不见他们的脸，但看到他们一直紧紧地靠在一起，没有丝毫不自在，我知道他们很享受我的音乐。唱完以后，他们转过来，笑容灿烂，还鼓起了掌，掌声在群山间回荡。

"太好听了！"索尼娅说。"真是天才！"

"太棒了，太棒了，"蒂洛说。

我有点不好意思，假装忙着摆弄吉他。当我再次抬起头来时，他们还坐在那里，但把身子转了过来，好跟我说话。

"那么说你们是乐手咯？"我问。"我是指职业乐手？"

"对,"蒂洛说,"我想你可以说我们是职业的。索尼娅和我表演二重奏。在旅馆啦、酒店啦、婚礼上啦、宴会上表演。满欧洲跑,但还是最喜欢在瑞士和奥地利演出。我们以此为生,所以,对,可以说我们是职业的。"

"但是首先在于,"索尼娅说,"我们干这行是因为我们相信音乐。我看得出你也一样。"

我答道:"若有一天我不再相信音乐,我就撒手不干了,就这样。"说完我补充道:"我也想成为职业乐手。那种生活一定很棒。"

"是啊,是很棒,"蒂洛说。"我们很庆幸自己能干这一行。"

"对了,"我有点唐突地说道,"你们去了我说的那家旅馆了吗?"

"我们真是太失礼了!"蒂洛惊呼道。"我们被你的音乐吸引住了,压根儿忘了要谢谢你。是,我们去了,正是我们想要的旅馆。幸好还有空房间。"

"那旅馆正合我们的意,"索尼娅说。"谢谢你。"

我又假装忙着摆弄琴弦。然后尽量装出很随意的样子,说道:"我突然想到我还知道一家旅馆,比莫尔文旅馆好些。我想你们不妨换一下。"

"哦,可是我们已经安顿下来了,"蒂洛说。"我们已经把行李都拿出来了,而且,那旅馆正是我们想要的旅馆。"

"是啊,但是……但是,之前,你们问我有没有旅馆的时候,我不知道你们是乐手。我还以为你们是银行职员什么的。"

两个人都大笑起来,好像我说了一个很好笑的笑话。接着,蒂洛说道:

"不,不,我们不是银行职员。虽说我们常常希望自己是银行职员!"

"我意思是,"我说,"有其他的旅馆更适合,嗯,搞艺术的人。很难跟一个你完全不了解的陌生人推荐合适的旅馆。"

"多谢你费心,"蒂洛说。"可是请别再为我们操心了。我们现在这样很好。再说了,人与人的差别没那么大。银行家也好,音乐家也罢,我们对生活的基本需求是一样的。"

"我想你说的不全对,"索尼娅说道。"我们这位年轻朋友,你瞧他没有到银行里去谋职。他的梦想很不一样呢。"

"也许你说得对,索尼娅。总之,我们觉得现在这个旅馆很好。"

我低头随意弹了几个小节,一时间没有人说话。过了一会儿,我问:"那你们演奏什么类型的音乐呢?"

蒂洛耸耸肩。"索尼娅和我都会几种乐器。我们都会弹键盘。我喜欢单簧管。索尼娅善于拉小提琴,还很会唱歌。我想我们最喜欢演奏的是传统的瑞士民歌,但是是用现代的方式来演绎。有时都称得上是激进的了。我们从类似这样做的大作曲家那里吸取灵感。比方说扬纳切克。你们英国的沃恩·威廉斯[①]。"

"但是我们现在不常表演这些了，"索尼娅说。

他们递了一下眼色，我想这是紧张的暗示。但转眼蒂洛一贯的笑容又回到了脸上。

"是啊，就像索尼娅说的，在这个现实的世界，大部分时候，我们得演观众想听的东西。所以我们多演一些热门歌曲。披头士啦，卡彭特啦。也有新一点的歌。观众们很喜欢。"

"那阿巴乐队呢？"我脱口而出，马上就后悔了。但蒂洛好像并没有听出我话里的调侃。

"啊，我们也唱阿巴的。《舞会皇后》，这歌永远受欢迎。其实，在《舞会皇后》里我还自己唱上一段，和声的部分。索尼娅会告诉你我的嗓音有多难听。所以我们一定得在听众吃饭吃到一半的时候唱这首歌，这样他们才不会跑掉。"

说完他哈哈大笑起来，索尼娅也笑了，但没有他笑得厉害。这时，一个穿着像是黑色潜水衣、职业打扮的自行车手从我们旁边飞驰而过，我们默默地看着他剧烈运动的背影渐渐远去。

[①] 列奥西·扬纳切克（1854—1928），捷克作曲家。沃恩·威廉斯（1872—1958），英国作曲家。两人都热衷于收集本国的民歌，并将人民的音乐语言融入自己的创作，形成独树一帜的风格。

"我去过瑞士一次,"我打破沉默。"两年前的夏天。我去了因特拉肯,住在当地的青年旅社。"

"啊是,因特拉肯,漂亮的地方。一些瑞士人瞧不起那儿,觉得那里只是给游客观光用的。可索尼娅和我都很喜欢在那里表演。其实,夏天的夜晚,在因特拉肯给来自全世界的欢欢喜喜的人们演出,是一件非常棒的事。你在那里玩得开心吗?"

"是,很开心。"

"我们每年夏天都要去因特拉肯的一个餐厅表演几个晚上。我们坐在帐篷里表演,面对餐桌,这种晚上餐桌当然是在外面啦。我们表演时能看见所有的游客在星空下一边吃着一边有说有笑。游客的身后是一大片空地,白天用来给滑翔伞降落,到了晚上就被何维克街的灯火照亮了。如果你还能看得更远,可以看见远处耸立的阿尔卑斯山。艾格尔峰、门希峰、少女峰。而且空气温暖宜人,还洋溢着我们演奏的音乐。每次在那里演出我都觉得是特别的荣幸。我心想,啊,干这行真是太好了。"

"去年,那家餐厅的经理叫我们演出时穿上全套的传统服装,"索尼娅说。"可天热得不得了,很不舒服。我们说有什么差别呢?为什么一定要穿上大大的马甲、围围巾、戴帽子?我们就算只是穿衬衫也一样很像瑞士人,又整洁。可是餐厅经理说我们要么穿上全套衣服,要么走人,自己选,说完就走了,就这样。"

"可是索尼娅,哪个工作都一样,都有制服,老板都要求你一定要穿。在银行工作也一样!而人家要我们穿的至少是我们所相信的。瑞士的文化。瑞士的传统。"

这时我又一次隐隐感觉到他们之间有什么不愉快,可这种感觉只持续了一两秒钟,他们看着我的吉他,就又都露出了微笑。我觉得自己该说点什么,就讲道:

"我想到不同的国家去表演一定很有趣。你得保持敏感,了解你的听众。"

"是,"蒂洛说,"我很高兴我们能给各种各样的人表演。不单单在欧洲。总而言之,我们因此得去了解很多的城市。"

"比如说杜塞尔多夫,"索尼娅说。她的口气变了——变的有些硬——我仿佛又见到了中午餐厅里的那个人。可蒂洛似乎并没有察觉出什么异常,愉快地说道:

"我们的儿子现在就住在杜塞尔多夫。他跟你差不多大,可能比你大一些。"

"今年初,"索尼娅说,"我们去了杜塞尔多夫。有人邀请我们去表演。不是常有的事,是表演我们自己真正的音乐的机会。所以我们给儿子打了电话,我们的独子,告诉他我们要去他的城市。他没有接电话,我们就留了言。我们留了好几次留言。没有回音。我们到了杜塞尔多夫又给他留言,说我们到了,到你这里了。还是没有回音。蒂洛说别担心,也许他那天晚上会来,来看我们表演。可是他没有来。我们表演完了又去了别的城市,进行下一场演出。"

蒂洛咯咯地笑了。"我想彼得大概是受够了我们的音乐,从小听到大!可怜的孩子,不得不听我们排练,日复一日。"

"我想又要带孩子又要搞音乐挺难的。"我说。

"我们只有一个孩子,"蒂洛说,"所以还不算太难。当然我们是幸运的。我们外出表演不能带着他,他的祖父母总是很乐意帮忙。等他长大一点,我们就把他送到一家很好的寄宿学校。他的祖父母又帮了我们大忙,不然我们付不起那么高的学费。所以说我们是幸运的。"

"是,我们很幸运,"索尼娅说。"除了彼得讨厌那所学校。"

很显然之前的愉快气氛正在流逝。为了活跃气氛,我赶忙说:"不管怎么说,看样子你们很喜欢你们的工作。"

"哦,没错,我们很喜欢这个工作,"蒂洛说。"工作就是我们的一切。但即便如此,我们也很想放个假。知道吗?这是我们这三年来头一次像样的假期。"

蒂洛的话又一次让我觉得特别不好受,我想再次劝他们换旅馆，但我知道这么做很可笑。我只能希望哈格·弗雷泽对他们好一点。我心里想着这个，嘴上却说：

"瞧，要是你们喜欢的话，我可以把刚刚那首歌再唱一遍给你们听。那歌还没写完，我不常演唱还没完成的作品。可既然你们已经听到了一些，我不妨把已经写出来的部分唱给你们听。"

索尼娅的脸上又露出了笑容，说："好啊，快唱来听。那歌儿太好听了。"

我准备演唱的时候，他们把身子转回去，像刚刚那样面对着赫里福郡，背对着我。但是这次他们没有拥抱在一起，而是坐得异常的笔直，一只手放在眉毛上挡太阳。我弹的时候他们一直是这个姿势，一动不动，在草地上留下两道长长的夕照的影子，像两尊塑像。我慢慢地结束这首还没写完的歌。歌唱完了，他们仍旧一动不动，过了一会儿才放松身子，鼓了鼓掌，虽然没有前一次那么热烈。蒂洛一面称赞着一面站起来，然后扶索尼娅起来。看着他们站起来的样子我才意识到他们的年纪确实不小了。也有可能他们只是累了。就我所知，遇到我之前他们已经走了不少的路。总之就是我觉得他们起身的时候挺吃力的。

"你的演出太精彩了，"蒂洛说。"今天我们是游客，别人唱歌给我们听！调了过来，多有意思啊！"

"歌写完了以后要唱给我听，"索尼娅说，很认真的样子。"说不定有一天我会在电台里听到呢。"

"是啊，"蒂洛说，"到时索尼娅和我就可以翻唱给客人们听！"他洪亮的笑声在空气中回荡。接着他礼貌地微微鞠了一躬，说："今天我们总共欠了你三次人情。可口的午餐，舒适的旅馆，还有美妙的山上音乐会！"

分别的时候，我很想告诉他们真相。告诉他们我故意给他们推荐了这里最烂的旅馆，希望他们趁还来得及赶紧搬出来。可是看着他们欢欢喜喜地跟我握手道别，我真是说不出口。就这样，他们下山了，又剩我一个人坐在长椅上。

* * *

我从山上下来时餐厅已经关门了。玛吉和杰夫看上去都累坏了。玛吉说这是他们最忙的一天，挺高兴的样子。可是晚餐上——我们的晚饭是店里各种各样的剩菜——杰夫说到同一件事时却是一脸的不高兴，像是在责怪我：他们累得半死的时候，我不帮忙跑哪儿去了？玛吉问我下午干什么去了，我没有提起蒂洛和索尼娅——说起来太复杂了——只是告诉她我到山上写歌去了。她又问我可有进展，我说有，大有进展。这时杰夫闷闷不乐地走了出去,盘子里的东西还没吃完。玛吉假装没看见,也对,几分钟后杰夫拿着一罐啤酒回来,坐下看报纸,一声不吭。我不希望他们俩为了我吵架,便很快离开了餐桌,回到楼上继续写歌。

白天我的房间很可以给人灵感,但到了晚上就不那么吸引人了。首先,窗帘不能把整个窗子遮住。大热天的时候,我把窗户一打开,数英里以内的蚊虫看到灯光,就会蜂拥而入。其次,房里只有一只赤裸裸的灯泡从天花板的灯线盒垂下来,投下昏暗的灯光,原本简陋的房间看起来更加不堪。那天晚上,我本想开灯把脑子里想到的歌词写下来。可是天实在太热了,最后我关掉灯,拉开窗帘,把窗子开得大大的,像白天那样抱着吉他坐在窗台上。

我就这样坐了大约一个小时,试验着各种桥段,突然听见敲门声,玛吉的头探了进来。房里漆黑一片,但是楼下露台的安全灯亮着,所以我能依稀辨认出她的脸。她的脸上挂着不自然的微笑,我心想她又要叫我下去帮忙干活了。她走到房间里,关上身后的门,说:

"对不起,亲爱的。今天实在把杰夫累坏了。他说他现在想安安静静地看电影?"

她的语气像是在发问。我过了一会儿才反应过来她是要我别再弹琴了。

"可我正写到关键的地方呢,"我答道。

"我知道。可是杰夫今天真的累坏了。他说你的吉他让他没办法休息。"

"杰夫应该知道:他有他的工作,我也有我的。"我说。

玛吉像是在掂量我的话,过了一会儿重重地叹了一口气。"我想我不该把这话告诉杰夫。"

"为什么?为什么不该告诉他?他应该知道。"

"为什么?因为他会不高兴,这就是为什么。而且我想他会认为你的工作跟他的工作根本不是同一个档次。"

一时间我看着玛吉,说不出话来。"你胡说八道什么啊。你说什么蠢话呢?"

玛吉疲惫地摇摇头,没有说什么。

"我不明白你为什么说这种蠢话,"我说。"而且是正当我进展得很顺利的时候。"

"你进展得很顺利,是吗,亲爱的?"昏暗中她一直看着我,过了好一会儿,她说道,"好了,我不跟你吵。"她转身打开门。"你愿意的话就下来跟我们一起看电影吧,"离开前她说道。

我看着在她身后关上的门,气得整个人都僵掉了。楼下隐隐约约传来电视的声音。即便是正在气头上,大脑深处仍旧有一个声音告诉我：我不应该朝玛吉发火，我应该气的人是杰夫，是他从我一到这里就有计划一步步地想要搞我。但我还是生我姐姐的气。我在她家待了这么久，她从来没有像蒂洛和索尼娅那样要我唱首歌给她听。这个要求对自己的姐姐来说不过分，而且我突然想到，她十几岁的时候也热衷于音乐。可现在，她在我想专心写歌的时候打断我，说些愚不可及的话。我一想到她说"好了，我不跟你吵"的样子，气又上来了。

我从窗台上下来，收起吉他，躺倒在床上，盯着天花板。如今我总算明白了他们叫我来是有目的的，是在旺季找一个廉价的，甚至不用付工资的帮手。而玛吉不懂得我现在奋斗的目标比她那个笨蛋老公大得多。我真应该明天就离开这里回伦敦去，让他们自己收拾烂摊子。我就这么胡思乱想了大约一个小时以后，冷静了一些，决定脱衣服睡觉。

* * *

第二天早上，我像往常一样在早餐的高峰过后下楼去，没有怎么跟玛吉和杰夫说话。我烤了几片面包，泡了咖啡，还吃了些剩下的炒鸡蛋，然后在店内的角落坐下。吃早饭的时候，我脑子里一直在想今天会不会在山上再次遇到蒂洛和索尼娅。虽说见到他们我可能得面对旅馆的事情，但我发现我还是想再遇到他们。再说，就算哈格·弗雷泽的旅馆真的很糟糕，他们也不会想到我是故意耍他们的。我有好些理由替自己开脱。

玛吉和杰夫可能想要我在午餐的时候帮忙，但我决定应该给他们一个教训，他们不应该不把别人当一回事。于是吃完早饭，我回到楼上，拿上吉他，从后门溜走了。

又是一个大热天，我爬上通往长椅的小路，汗不停地从脸上流下来。虽说早饭的时候我一直在想着蒂洛和索尼娅，但这会儿早把他们抛在了脑后，所以当我爬上最后一段斜坡，看见索尼娅独自一人坐在梯田上时，不禁吓了一跳。索尼娅一眼就看见了我，朝我挥手。

我对她仍旧有点提防，特别是蒂洛不在这里，我不是很想跟她坐在一起。可是她给了我一个灿烂的微笑，还往旁边挪了挪，像是给我让位，我别无选择。

我们互相打了招呼，并排坐在一起，彼此都不说话。一开始这样并不奇怪，一方面是因为我还气喘吁吁，一方面是因为眼前的景色。今天的天气没有昨天晴朗，云也比较多，但是你注意看的话，还是可以看见威尔士境内的布莱克群山。风挺大的，但不会感觉不舒服。

"蒂洛呢？"我终于开口问道。

"蒂洛？哦……"她把手罩在眼睛上。然后她指着远处说："在那。看见了吗？那里。那个就是蒂洛。"

远远的我看见一个人影，隐约穿着绿色T恤衫、戴着白色太阳帽，朝着伍斯特郡的比肯山往上爬。

"蒂洛说他想去散步，"索尼娅说。

"你不和他一起？"

"不。我想留在这里。"

虽说她现在不是那个在店里发飙的顾客，但也不是昨天那个对我那么热情和鼓励的人。肯定出了什么事，我心里准备着对哈格·弗雷泽旅馆的说辞。

"对了，"我说，"昨天那首歌我又写了一点。想不想听听看？"

她想了想，说："你要是不介意，恐怕现在不太合适。蒂洛和我刚刚发生了口角，或者可以叫做争吵。"

"哦，好吧。很抱歉听你这么说。"

"所以他散他的步去了。"

我们又不说话了。过了一会儿，我叹了口气，说道："我想都是因为我。"

索尼娅转过来看着我。"因为你？为什么？"

"你们吵架，你们的假期搞砸了，都是因为我，因为那旅馆，不是吗？那旅馆不是很好，对吧？"

"旅馆？"她一脸困惑。"这个嘛，那旅馆是有些毛病。可它就是个旅馆，跟其他的旅馆一样。"

"可你注意到了是吧？你注意到所有的毛病了。一定注意到了。"

她像是想了想我的话，才点点头，说："没错，我注意到了旅馆的毛病。可蒂洛没有。他当然是觉得旅馆很好。他老说我们运气很好。很幸运能找到一家那样的旅馆。然后，今天早上吃早饭的时候，蒂洛说早饭真不错，是他吃过的最好的早餐。我说蒂洛，别傻了，这早饭不怎么样，这旅馆也不怎么样。他说不，不，我们很幸运。我生气了，向女主人投诉所有的问题。蒂洛把我拉开，说，我们去散步吧。走一走你就会感觉好些了。于是我们就到这儿来了。他说，索尼娅，看看这些山，不漂亮吗？我们能到这种地方来度假不是很幸运吗？他说，这些山比他听埃尔加的时候想象的还要美丽。他问我，不是吗？我可能是又生气了，说，这些山不怎么样，不是我听埃尔加的时候想象的那个样子。埃尔加的山雄伟、神秘，这儿只不过像个公园。我这么跟他说的，这回轮到他生气了。他说既然这样，他要自个儿去散步。他说我们完了，如今我们什么都说不到一块儿去了。他说，没有错，索尼娅，你和我，我们完了。说完他就走了！事情就是这样。这就是为什么他在那里，我在这里。"说完她又把手罩在眼睛上,追随着蒂洛的身影。

"真的很抱歉,"我说。"当初我要是没有推荐你们到那里去……"

"别这么说。旅馆不重要。"她往前探了探身子,好把蒂洛看得清楚些。然后转过来对我微微一笑,我想她的眼睛里噙着些许泪水。她说:"说说你今天是不是打算再写几首歌?"

"我是这么打算的。或者至少把还没写完的那首写完。昨天你们听的那首。"

"那首歌很美。你在这里写完这些歌以后要做什么呢?有什么计划吗?"

"我要回伦敦去组建一支乐队。这些歌需要一支合适的乐队,不然就没有用了。"

"多令人兴奋啊。我衷心地祝你好运。"

过了一会儿,我轻声说:"也有可能我不会去费这个劲。你知道组建一支乐队不是那么容易的。"

她没有回答,我想她可能没听见,因为她又转过头去看蒂洛了。

"知道吗?"过了好一会儿她说道,"以前没有什么事情会让我生气。可现在我老是生气。我不知道我为什么会变成这个样子。这样不好。咳,我想蒂洛不会回这边来了。我回旅馆等他吧。"她站起来，视线没有离开远处的身影。

我也站了起来，说道："真遗憾你们在度假的时候吵架。昨天我弹琴给你们听的时候，你们看上去是那么幸福的一对。"

"是啊，多美好的时刻。谢谢你的歌。"她突然伸过手来，亲切地笑着。"认识你真好。"

我和她轻轻地握了握手。她转身准备离开，突然又停下来，看着我。

"如果蒂洛在这，"她说，"他会对你说，永远别灰心。他会说你一定要回到伦敦试着组建自己的乐队。你一定会成功的。蒂洛会这么说的。因为他就是这么一个人。"

"那你会说什么呢？"

"我也会这么说。因为你既年轻又有才华。可是我不那么肯定。生活总是有很多不尽如人意的地方。但如果那是你的梦想……"她又笑了笑，耸耸肩。"可我不应该说这些。我不是你的好榜样。而且，我看得出来你跟蒂洛比较像。假设真的遇上困难，你也不会放弃。你会跟他一样，说我太幸运了。"她盯着我看了几秒钟，像是要记住我的模样。微风吹动了她的头发，使得她看上去比平时老。"我衷心地祝你好运，"她最后说道。

"也祝你好运，"我说。"希望你们能重归于好。"

她最后一次挥了挥手，走下坡去，不见了。

117

我从盒子里拿出吉他，坐回到长椅上，并没有马上弹起来，而是看着远方，看着伍斯特郡的比肯山和斜坡上蒂洛细小的身影。也许是太阳照射在山上的角度的问题，现在蒂洛的身影比刚才清楚多了，虽然他离得更远了。他在小路上驻足了片刻，似乎在环顾四周的山峰，就好像是想重新评价它们。然后他的身影又开始移动。

我继续写歌，可老是开小差，老是在想早上索尼娅去找哈格·弗雷泽理论时，哈格·弗雷泽会是什么表情。我看了看天上的白云，又看了看脚下广袤的大地，然后把思绪重新拉回到我的歌上，拉回到还没写好的桥段上。

夜　曲

两天前，琳迪·加德纳还住在我的隔壁。好吧，你会想，要是琳迪·加德纳住在我隔壁，那是不是说我住在贝弗利山；我是个电影制片人、演员或者音乐家。没错，我是个乐手。但虽说我在一两个你听说过的艺人身后表演过，我并不是什么大明星。我的经纪人布拉德利·史蒂文森，同时也是我多年的好友，说我有成为大明星的潜质。不只是成为在录音室里替人灌制唱片的大牌录音乐手，而是成为抛头露面的大腕。谁说萨克斯手再也成不了腕儿了，他说，然后开出一串名单。马库斯·莱特富特，西尔维奥·塔伦蒂尼，他们都是爵士乐手，我指出。"你不是爵士乐手，是什么？"他说。然而只有在我梦想的最深处我才是一个爵士乐手。在现实生活中——在我像现在这样把整张脸都缠上绷带之前——我只是一个打零工的萨克斯手，在录音室里讨生活，或者给乐队补缺。他们要流行歌曲，我就吹流行歌曲。节奏布鲁斯？没问题。汽车广告，脱口秀的进场音乐，我都做。只有在我自己的小卧室里我才是一个爵士乐手。

我更想在客厅里吹萨克斯,可是我们的公寓是造价低廉的那种,整条走廊上的邻居都会抱怨。于是我就把最小的房间改造成一间练习室。说是房间,其实也不过就一个厕所那么大——在里面放把办公椅就满了——可是我用泡沫、鸡蛋托和布拉德利从办公室寄来的旧加垫信封把这里隔了音。我妻子海伦,以前还和我住在一起的时候,看我拿着萨克斯要去那个房间时,就会笑着说,我像是要去厕所,而有时候感觉就是这样。也就是说,我坐在那间阴暗、不通风的房间里,做着自己的事,没人会想要来打扰。

你已经猜到琳迪·加德纳不可能住在我说的这么一个公寓隔壁。她也不可能是我在隔音室外面吹萨克斯就来"乓乓"敲门的邻居。我说她住在我的隔壁是另有所指,我现在就来解释给你听。

两天前,琳迪还住在这家豪华酒店的隔壁,而且和我一样,整张脸都缠着绷带。琳迪当然在这附近有一所舒适的大房子,还有帮佣,所以鲍里斯医生就让她回家了。事实上,从严格的医学角度来讲,她大概早就可以回去了,但很明显还有其他原因。比如说,回到自己家里就不那么容易躲开照相机和八卦专栏作者了。再者,我的直觉告诉我鲍里斯医生名声好是因为他的做法不是百分百合法，所以他把病人藏在酒店里极其隐秘的这一层，普通员工和客人是找不到这里的，他也嘱咐我们不到万不得已不要离开房间。要是你能透视这些纱布，你在这里待上一个星期比你在夏特蒙特酒店住上一个月更能发现名人。

那么像我这种人怎么会跟这些大明星和大富翁住在一起，让全城最顶尖的医生给我整容呢？我想这事儿是我的经纪人布拉德利起的头。他自己也不是什么大腕，也不比我长得更像乔治·克鲁尼。他第一次提起这事儿是在几年前，半开玩笑地，后来再提起的时候，一次比一次认真。他的大意就是我太丑了。正是这一点阻碍我成名。

"看看马库斯·莱特富特，"他说。"看看克里斯·布戈斯基，或者塔伦蒂尼。他们哪一个能吹出你这么有特色的声音？没有。哪一个有你的温柔、你的想象力？哪一个有你一半的技巧？没有。可人家长得端正，所以大门一直为他们敞开。"

"那比利·福格尔呢？"我说。"他丑得不行，可他混得不错。"

"比利是很丑。可他是性感的、坏坏的丑。而你，史蒂夫，你是……咳，你是平庸的、失败者的丑。不对路子的丑。听着，你有没有想过对你的容貌做点什么？我是指外科手术方面的？"

回家以后我把这些话原原本本地讲给海伦听，因为我想她会和我一样觉得太滑稽了。刚开始确实是这样，我们把布拉德利好好地嘲笑了一番。接着海伦不笑了，伸手搂住我，说，至少对她来说，我是世界上最帅的。然后她后退了一步，不说话了。我问她怎么了，她说没什么。接着她说，也许，只是也许，布拉德利说得对。也许我是应该考虑一下改变我的容貌。

"没必要这么看着我！"她喊道。"大家都这么做。而你，你这么做是出于职业需要。想要当好司机的人就得去买一辆好车。你也一样！"

然而那个时候我没有细想这件事，虽说我开始接受这个说法：我是"失败者的丑"。一方面，我没有钱。实话告诉你，海伦说什么好司机的那会儿，我们欠债九千五百美元。这就是海伦。就很多方面而言她是个好人，可是这种全然忘记我们实际的经济状况、开始幻想大笔新的花销的能力，这就是海伦。

除了钱以外，一想到要被人切来划去的，我就满心的不喜欢。我受不了这类事情。我刚开始和海伦拍拖时，有一次，她叫我跟她一起跑步。那是一个寒冷而干燥的冬天的早晨，我自己从来不怎么跑步，但是那时我被她迷住了，急于想表现自己。于是我们就绕着公园慢跑，一开始我稳稳地跟在她后面，突然我的鞋踢到了地上凸出来的什么硬物，脚疼了一下，但不太厉害。可是当我脱掉运动鞋和袜子一看，大拇指上的趾甲翘了起来，像在做一个希特勒式的敬礼。我感到一阵恶心，昏了过去。我就是这个样子。所以你瞧，我对整容这事儿不感冒。

此外，当然了，还有原则问题。好吧，像我刚才说的，我并不坚持只做什么类型的音乐。为了赚钱，我什么都演。但整容就是另外一码事了，我还是有点尊严的。布拉德利说对了一件事：我的才华是这座城市里大多数人的两倍。然而如今这个不重要了。重要的是形象好、有市场、上杂志、上电视、去派对，还有你和什么人吃饭。这些统统让我恶心。我是个音乐家，我为什么要加入这个游戏呢？我为什么不能按照我心中最理想的方式演奏我的音乐，并且不断进步呢？即使只是在我的小卧室里，也许有一天，只是也许，真正喜欢音乐的人会听见并且欣赏我的演奏。我为什么要整容呢？

刚开始海伦像是站在我这边的，有一段时间没有再提起这件事。就是说，直到她从西雅图打电话来，说她要离开我去跟克里斯·普伦德加斯特在一起。这个普伦德加斯特她从高中起就认识，如今在华盛顿拥有成功的连锁餐厅。这些年我见过这个普伦德加斯特几次——他还来吃过一次晚饭——可是我从来没有怀疑过。"你那个隔音的碗柜，"那时布拉德利说道，"作用是双向的。"我想他说得对。

然而除了说明他们跟我现在在这里有什么关系以外，我不想多说海伦和普伦德加斯特的事。你大概在想我立马北上，找那快乐的一对算账，在与情敌进行了一番男子汉大丈夫的争吵过后，整容就是自然而然的了。很浪漫，可惜你错了，事实不是这样的。

事实是：打电话来几个星期以后，海伦回来收拾她的东西。她伤心地在公寓里走来走去——毕竟我们在这里有过美好的时光。我以为她要哭出来了，可是她没有哭，只是继续整理东西，把所有的东西整整齐齐地打包好，说这一两天会有人过来取走行李。我手里拿着萨克斯往小卧室走时，她抬起头来，静静地说：

"史蒂夫，求你了。别再去那里了。我们得谈谈。"

"谈什么？"

"史蒂夫，看在上帝的分上。"

于是我把萨克斯放回盒子里，我们走进小厨房，在桌子旁面对面坐下。她开口了。

做了这个决定她不会回头了。她和普伦德加斯特在一起很开心，她在学校的时候就暗恋他了。可是离开我她感到难过，特别是在我事业不如意的时候。所以她考虑了以后，和她的新欢谈了谈，那人也替我难过。他的原话是："史蒂夫得为我们的幸福买单真是太不幸了。"于是就这么定了。普伦德加斯特愿意为我出钱到全城最好的外科医生那里做整容手术。"是真的，"发现我茫然地看着她，她说道。"他说真的。费用他全包。医院的费用、康复的费用、所有费用。全城最好的外科医生。"一旦我整了容，就没有什么能阻止我前进了，她说。我会一飞冲天，我怎么可能会失败呢，以我的才华？

"史蒂夫，为什么这样看着我？机会难得。天晓得半年以后他还愿不愿意。现在就答应下来，好好地对待自己一回。只需忍耐几个星期，然后，嗖！你就一炮而红了！"

十五分钟后，在门口，海伦用严厉得多的语气说道："你说的是什么话？什么叫做你愿意一辈子都在那个小房间里吹萨克斯？什么叫做你喜欢做一个大失败者？"说完，她走了。

第二天，我走进布拉德利的办公室，看看他有没有活给我，碰巧提起了这件事，原以为他会和我一起笑一笑，没想到他根本没有笑。

"这家伙很有钱？而且他愿意给你找最好的外科医生？也许他会给你找克雷斯波，甚至是鲍里斯。"

现在又多了个布拉德利，劝我要抓住这次机会，若我错过了这次机会，我这辈子就永远是个失败者。我生气地离开他的办公室，但是那天下午，他打电话给我，不停地劝我。他说，如果是因为我不想打这通电话；如果是因为拿起电话对海伦说，好，求你了，我愿意，求你让你的男朋友开那张大支票吧，会挫伤我的自尊心；如果是这个原因阻止了我，那么，他，布拉德利，愿意替我进行所有的交涉。我叫他吃屎去吧，挂断了电话。可一个小时后他又打过来，说他已经把事情都想通了，说我自己没想明白真是个傻瓜。

"这可是海伦精心策划的。想想她的处境吧。她爱你。可说到相貌，咳，你真的长得很抱歉。你不是靓仔。她希望你采取一点行动，但是你拒绝了。所以她能怎么办呢？啊，她这一步真是壮举。处心积虑。作为一名职业经纪人，我不得不佩服她。她跟这个人走了。好吧，也许她一直对这个人念念不忘，但其实她根本不爱他。海伦利用他来为你的脸出钱。一旦你手术成功，她就会回来，看见帅气的你，她就会想要你这个人，迫不及待地想让人看见跟你出入宾馆……"

说到这里，我打断了他。我说，虽然这几年我习惯了他出于自身的职业利益编各种故事出来说服我做这个做那个，但是这次扯得太远了，扯到不见天日的深谷里去了，热气腾腾的马粪在那里也会瞬间冻结。说到马粪①，我说我理解他出于本能忍不住每次都要胡扯一通，但是我还是不相信他的话，这只不过是他想出来的、希望能暂时把我忽悠成功的东西。说完，我再次挂断他的电话。

---

① 英语里"马粪"也有"胡说八道"的意思。

接下来的几个星期，工作似乎比以前少了。每次我打电话给布拉德利，问他有没有活，他都会说："你自己都不帮自己，别人怎么帮你。"最后，我开始更加务实地考虑整件事情。我不得不面对这个事实：我得吃饭。还有，若这么做意味着最后会有更多的人听到我的音乐，这样的结果也不错啊？还有，我不是希望有朝一日能组建自己的乐队吗？什么时候能够实现呢？

最后，大概在海伦提议后六个星期，我随口跟布拉德利说到我重新考虑了这件事情。有我这句话就够了。他立马行动，打电话、做安排、又喊又叫，兴奋得不得了。说句公道话，他说到做到：所有的中间协商他全包了，我一次也不用跟海伦进行丢脸的谈话，更不用说跟普伦德加斯特了。有时候布拉德利甚至能够制造出这种假象，感觉他在替我谈一桩生意，感觉有东西可卖的人是我。即便如此，我还是每天都要怀疑好几次。当事情真的来临的时候，来得很突然。布拉德利打电话来说鲍里斯医生突然临时取消了原定计划，我得自己一个人拿着行李在当天下午三点半之前到达指定地点。大概那个时候我临阵退缩了，因为我记得布拉德利在电话里冲我大嚷，叫我振作起来，说他会亲自送我去。接下来，经过九拐十八弯，我被载到了好莱坞山上的一所大房子，打了麻药，就像雷蒙德·钱德勒小说里的人物。

两天以后，我被送到了这里，贝弗利山上的一家酒店，在夜色的掩护下从后门进来。我被推到了走廊的深处，这里十分隐蔽，与酒店的正常营业完全隔绝。

* * *

第一个星期，我的脸疼得要命，体内的麻药让我觉得恶心。我得把枕头立起来靠着才能睡，也就是说我根本睡不了觉。护士坚持二十四小时都把窗帘拉得严严实实的，所以我不知道到了什么钟点。然而，我一点儿也不觉得坏。事实上，我感觉好极了，兴奋、乐观。我对鲍里斯医生充满信心，多少电影明星把自己的前程交到他的手里。再者，我知道我将是他的杰作；看见我这张失败者的脸，激起了他内心最深处的雄心壮志，让他想起了当初为什么选择了这个职业。他会百分之两百地全力以赴。解开绷带以后，我会看见一张精心雕琢过的脸，有点野性但又很有味道。毕竟像他这么有名望的人，会认真思考一个严肃的爵士乐手的各种需求，不会把爵士乐手跟其他人，比如说，电视上的新闻主播混为一谈。他甚至有可能还给我加了点那种似有似无的忧郁气质，有点像年轻时的德尼罗，或者吸毒前的切特·贝克。我畅想着我要做的专辑，要请哪些明星来助阵。我感觉得意洋洋，不敢相信自己曾经迟迟不愿整容。

到了第二个星期，药物的作用慢慢退去，我开始觉得消沉、孤独、可鄙。我的护士格雷西让一点阳光透进屋子里来——但她顶多是把百叶窗放了一半下来——还允许我穿着晨衣在房间里走动。于是我把 CD 一张接一张不停地放进 B&O [①]，并在地毯上走来走去，时不时在梳妆台的镜子前停下，审视着镜子里那个只露出两只小眼睛的缠着绷带的怪物。

就是在这期间，格雷西第一次告诉我琳迪·加德纳住在隔壁。她要是早点告诉我这件事，在亢奋期的时候，我听了会很开心，甚至把它当作我美好新生活的首个标志。可我偏巧在这个时候听说这件事，在我跌入低潮的时候，听了这个消息我讨厌得又是一阵恶心。若你是琳迪众多的崇拜者之一，我说声抱歉。但事实就是，那时，如果有这么一个人能代表世上所有肤浅和恶心的东西，非琳迪·加德纳莫属：一个一无是处的人——实事求是吧，她已经证明她不会演戏，也不假装有什么音乐才能——可她还是照样能走红，电视和杂志争相报道她，怎么拍都拍不够她的笑脸。之前，我路过一家书店，书店外大排长龙。我以为是斯蒂芬·金什么的来了，结果是琳迪在签售她最新的口述自传。她是怎么做到的？当然是靠老一套。适时的绯闻，适时的结婚，适

---

① 丹麦皇家视听品牌。

时的离婚。这样她自然而然就上了应景的封面、脱口秀,或者是像最近她在广播上做的那个节目,我不记得节目的名字了,她在节目里教大家离婚后的首个重要约会应该如何着装打扮,抑或是如果你怀疑你丈夫是同志,你该怎么做,等等。你会听见人们谈论她有什么"明星气质",但其中的秘诀再简单不过了。就是不断地在电视和杂志封面上抛头露脸,不停地出席各种首映礼和派对,把自己的手搭到名人的胳膊上。如今她就在这里,在隔壁,和我一样接受了鲍里斯医生的面部手术,在休养中。没有什么比这件事更能反映出现在我堕落到了什么地步。一个星期前,我还是一个爵士乐手。如今我成了又一个可怜的骗子,妄图通过整容跟在琳迪·加德纳们的后面,爬进空虚的名流堆。

　　接下来的几天,我试着用看书来打发时间,却无法集中精神。绷带之下的脸有的地方生疼地抽动,有的地方痒得要命。还有一阵一阵的发热和被关久了的幽闭感。我渴望吹萨克斯,一想到还要过好几周我的面部肌肉才能承受萨克斯的压力,我就更加沮丧。最后,我发现最好的打发大白天的做法不是听CD,而是盯着活页乐谱——我把小卧室里装和弦谱和乐谱的文件夹带来了——哼些即兴的调子。

　　第二个星期快过去的时候,我肉体上和精神上的情况都开始好转。就在这时,我的护士递给我一个信封,神秘地笑了笑,

说:"这可不是天天都有的。"信封里是一张酒店的便笺纸。这张纸现在就在我手边,我转抄如下:

格雷西告诉我说你厌倦了这种安逸的生活。我也是。你过来看看我,如何?今晚五点喝鸡尾酒会不会太早了?鲍医生说我不能喝酒,我猜你也是。所以看来只有苏打水和矿泉水了。去他的!五点见,不然我会伤心的。琳迪·加德纳。

也许是因为我那个时候实在是无聊至极;或者是我的心情又好起来了;或者是觉得有个一起被关的伙伴能聊聊天、说说话很不错。又或者是我并不是对美女完全免疫。总之,虽然我对琳迪·加德纳有种种成见,看了这封信以后,我还是感到兴奋,叫格雷西转告琳迪,我五点过去。

* * *

琳迪·加德纳脸上的绷带比我还多。我至少头顶上还留了一块,我的头发就像沙漠里的棕榈树那样露在外面。可鲍里斯把琳迪的整个脑袋都包得严严实实的,活像一个椰子的形状,只在眼睛、鼻子和嘴巴的地方开了条槽。她那头浓密的金发怎么了,我不得而知。她的声音倒是没有受到绷带的影响，我在电视上看见过她几次，听得出她的声音。

"你现在感觉怎么样？"她问道。我回答说感觉还不错。她说："史蒂夫。我能叫你史蒂夫吗？我从格雷西那里听说了你所有的事情。"

"哦？但愿她略过了不好的地方。"

"嗯，她说你是个乐手。很有前途的乐手。"

"她说的？"

"史蒂夫，你在紧张。我希望你和我在一起时不要紧张。我知道有些名人喜欢崇拜者见到他们时觉得紧张。这让他们更加觉得自己与众不同。可我讨厌这样。我希望你把我当成普通朋友。你刚才说什么？你说你不太在意这些。"

她的房间比我的大很多，这里只是套房的客厅。我们面对面地坐在一对白色沙发上，中间隔着一张矮矮的烟色玻璃的咖啡桌，能看见玻璃底下垫着的大块浮木。桌上放满了光鲜的杂志和一只未拆掉玻璃纸的水果篮。和我一样，她的空调也开得很大——裹着绷带是很热的——百叶窗也放得低低的，挡住窗外的夕阳。一个女佣给我端来了一杯水和咖啡，两杯里面都浮着吸管——我们喝什么都得用吸管——然后就离开了。

为了回答她的问题，我说我最痛苦的地方是不能吹萨克斯。

"可是你应该明白鲍里斯为什么不让你吹，"她说。"试想一下。你还没完全康复之前就去吹那管子，你脸上的肉会飞得屋里到处都是的！"

她好像被逗乐了，朝我挥了挥手，好像说那俏皮话的人是我。她说："好了，你笑得太厉害了！"我也笑了，然后用吸管吸了几口咖啡。接着她聊起了最近整了容的朋友，聊他们都说了些什么、他们身上发生了什么好笑的事。她提到的人要么是名人，要么是跟名人结婚的人。

"这么说你是个萨克斯手咯，"她突然改变了话题。"选得好。萨克斯是种好乐器。知道我对所有年轻的萨克斯手说什么吗？我叫他们多听听前辈的作品。我认识一个萨克斯手，和你一样刚刚崭露头角，只听那些喜欢标新立异的人的。韦恩·肖特[①]之类。我对他说，从老一辈人那里你可以学到更多的东西。他们也许不是特别创新，但是他们的技术是一流的。史蒂夫，介不介意我放点东西给你听？好让你明白我的意思？"

"不，我不介意。可是加德纳太太……"

"哦，叫我琳迪。在这里没有辈分之分。"

"好吧。琳迪。我想说，我不年轻了。事实上，我快三十九了。"

---

① 美国黑人爵士乐手。

"哦，真的？那也不老。不过你说得对，我没想到你年纪这么大了。鲍里斯给我们戴上这些一模一样的面具就看不出来了，是不是？听格雷西说的，我以为你是个刚刚崭露头角的孩子，被父母送来这里准备飞黄腾达。对不起，我搞错了。"

"格雷西说我'刚刚崭露头角'？"

"别难为她。她说你是个音乐家，我就问她你的名字。我说我没听过这个名字，她说：'那是因为他刚刚崭露头角。'就是这样。好了，听着，你多大又有什么关系呢？你还是可以从老一辈乐手那里学到东西。我想让你听听这个。我想你会喜欢的。"

她走到一个柜子前，不一会儿拿出了一张CD。"你会喜欢这个的。这首歌里的萨克斯太棒了。"

和我那边一样，她的房里也有一套B&O的音响。不一会儿，房里就响起了悦耳的弦乐声。几小节过后，一个懒洋洋的、本·韦伯斯特[1]式的次中音萨克斯响了起来，接着整个乐队也跟了进来。对这类东西不熟的人会以为是纳尔逊·里德尔[2]在为西纳特拉吹奏歌曲的引子。但最终传来的是托尼·加德纳的声音。这首歌的歌名——我刚刚想起来——是《当时在卡尔弗城时》，一首不是非常流行的民谣，如今也没什么人演了。托尼·加德纳

---

[1] 美国萨克斯演奏家。
[2] 美国作曲家。

唱着，萨克斯则一路跟着他，一行行地应和着。整首歌平淡无奇，而且太甜了。

不久，我的注意力从音乐上面转移到了琳迪身上。她在我面前缓缓地随着歌曲起舞，自我陶醉了。她动作轻盈、优雅——显然手术没有影响到她的身体——而且她身材苗条、匀称。她穿着一件半是睡衣半是晚礼服的衣服，也就是说，看上去既像病人但又迷人。与此同时，我努力在搞清楚一件事。我印象中琳迪最近刚刚和托尼·加德纳离了婚，但说到演艺圈的八卦，我是全国最差的一个，所以我渐渐地怀疑是我搞错了。要不然她怎么会这样跳着舞，沉醉在音乐里，一副很陶醉的样子？

托尼·加德纳的声音停了下来，弦乐器在桥段达到高潮，最后只剩下钢琴独奏。这时，琳迪好像回到了人间，停止摇摆，用遥控器关掉音响，然后走过来在我对面坐下。

"是不是很棒？明白我刚才说的话了吗？"

"是，很美，"我说道，心想不知道现在是不是还只谈论萨克斯。

"对了，你的耳朵没有骗你。"

"什么？"

"那个歌手。正是你想的那个人。并不因为他不再是我丈夫了我就不能放他的唱片，不是吗？"

"啊，当然不是。"

"而且歌里的萨克斯很美。现在明白我为什么要你听这个了吧。"

"是，很美。"

"史蒂夫，你有唱片吗？我指你自己演奏的？"

"当然有了。事实上隔壁就有几张CD。"

"亲爱的，你下次过来时把它们拿过来。我想听听你的演奏。好吗？"

"好的，但愿你不嫌弃。"

"哦，不，不会的。可我希望你不要觉得我多管闲事。托尼总说我爱多管闲事，我不应该干涉别人的事。可你知道，我觉得他那是势利。很多名人认为他们应该只对其他名人感兴趣。可我从不这么想。我把每个人都当作可能的朋友。比如说格雷西。她就是我的朋友。我家里所有的用人，他们也都是我的朋友。再比如在派对上。其他人都相互聊着他们最新的电影什么的，只有我和女服务员或者吧台的男招待聊天。我不觉得这是多管闲事，你觉得呢？"

"不，我丝毫不觉得那是多管闲事。不过，你瞧，加德纳太太……"

"请叫我琳迪。"

"琳迪。你瞧,跟你聊天真是太愉快了。可是这些药物真的把我搞得很累。我想我得回去躺一会儿。"

"哦,你不舒服?"

"没什么。只是这些药。"

"太糟了!你感觉好一些的时候一定要再过来。把那些唱片带来,你演奏的唱片。说定了?"

我不得不再次向她保证我今天聊得很愉快,我一定会再来。我正要出门时,她突然说道:

"史蒂夫,你下象棋吗?我是全世界下象棋下得最糟的,可我有一副很可爱的象棋。上周梅格·瑞安[①]带来给我的。"

* * *

回到房里,我从迷你冰箱里拿了瓶可乐,在写字桌前坐下,看着窗外。窗外是一大片粉红色的夕阳。我们住得很高,我能看见远处高速公路上来来往往的汽车。几分钟后,我打电话给布拉德利。他的秘书让我等了很长时间,但他最后终于来听电话了。

---

① 美国女演员。

"脸怎么样了？"他担心地问，好像在询问一只他放在我这里托管的心爱的宠物。

"我怎么知道？我仍旧是个隐形人。"

"你还好吧？你听上去……无精打采的。"

"我确实无精打采。这整件事都错了。我现在看明白了。事情不会成的。"

一阵沉默。接着他问道："手术失败了？"

"我肯定手术没问题。我是说其余的部分，这事的发展。这个计划……事情的结果不会是像你说的那个样子。我真不应该被你说动。"

"你是怎么了？你听上去情绪低落。他们给你灌什么了？"

"我很好。事实上，现在我的头脑比以前清楚多了。所以麻烦就来了。现在我看明白了。你的计划……我真不应该听你的。"

"你说什么呢？什么计划？听着，史蒂夫，事情很简单。你是个很有天赋的艺术家。等这件事过了，你还和以前一样该做什么做什么。你现在只是在清除一个障碍，没别的。没有什么计划……"

"听着，布拉德利，这里糟透了。不只是肉体上的难受。我现在意识到我在对自己做什么了。整件事都错了。我应该更看得起自己一些。"

"史蒂夫,什么事让你突然想说这些?出了什么事?"

"是他妈的出事了。所以我才给你打电话。我要你把我从这里弄出去。我要你给我换家酒店?"

"换家酒店?你以为你是谁?阿卜杜拉王储啊?那家酒店他妈的怎么了?"

"怎么了?就是琳迪·加德纳住在我隔壁。她刚刚请我过去,叫我以后还要去。就是这么了!"

"琳迪·加德纳住在隔壁?"

"听着,我受不了再去一次。我刚刚去了,耐着性子待在那里。现在她说我们要玩她那副梅格·瑞安的象棋……"

"史蒂夫,你是说琳迪·加德纳住在隔壁?你还去看了她?"

"她放她丈夫的唱片!妈的,我想她现在又在放另一张。我现在堕落到这种地步了。跟她那种人。"

"打住,史蒂夫,把事情从头说一遍。史蒂夫,你他妈的闭嘴,把整件事解释给我听。解释一下你怎么会去看琳迪·加德纳。"

这时我确实暂时冷静下来了。我就简要地告诉他琳迪怎么请我过去,后来又发生了什么事。

"那么你没有对她无礼?"我一说完他就这么问道。

"没有,我没有对她无礼。我一直忍着。可是我不会再去了。"

我要换酒店。"

"史蒂夫，你不能换酒店。琳迪·加德纳？她缠着绷带，你也缠着绷带。她就住在你隔壁。史蒂夫，这是一个绝好的机会。"

"没有的事，布拉德利。这里是名流地狱。她那副梅格·瑞安的象棋，我的老天！"

"梅格·瑞安的象棋？什么意思？棋子长得像梅格·瑞安？"

"她还要听我演奏！她要我下次一定带CD过去！"

"她要你……天啊，史蒂夫，你还没把绷带拆掉就已经撞大运了。她想听你演奏？"

"我要你摆平这件事，布拉德利。我现在真是麻烦大了，我做了手术，你说动我做的，我居然傻到相信了你的话。可我用不着忍受这个。我用不着接下来两个星期都得和琳迪·加德纳在一起。我要你马上把我搬出去！"

"我不会把你搬出去的。你知不知道琳迪·加德纳是多重要的人物？你知不知道她都和哪些人往来，她打个电话就能替你做什么事？没错，如今她是和托尼·加德纳离婚了。可这没有影响。拉拢她，加上你的新面孔，大门就为你打开了。你会成为大明星，只要一眨眼的工夫。"

"没有什么大明星，布拉德利，因为我不会再过去了，我也不要什么门为我打开，除非是因为我的音乐。我不相信你以前说的那些话，我不相信什么计划不计划的……"

"你别讲得这么激动。我很担心你脸上的线。"

"布拉德利，很快你就不用再担心我脸上的线了，知道为什么吗？我要把这副木乃伊面具拆下来，我要把手指伸到嘴里去，使劲拉我的脸，能拉成什么样就拉成什么样。你听到了吗，布拉德利？"

我听到他叹了口气，然后说："好吧，冷静。冷静。你最近压力太大。我可以理解。如果你现在不想见到琳迪，如果你想让这么好的机会白白溜走，好吧，我理解你的立场。但是要礼貌，好吗？找个好借口。别断了后路。"

* * *

跟布拉德利通完电话以后，我感觉好多了，过了一个相当惬意的晚上，看了半部电影，然后听比尔·埃文斯[①]的 CD。第二天早餐过后，鲍里斯医生和两个护士过来，看似很满意就离开了。不久之后，十一点左右，有人来看望我——一个叫李的鼓手，几年前我在圣地亚哥的一支室内乐队里和他共事过。布拉德利也是他的经纪人，让他过来看我。

---

① 美国爵士乐钢琴家。

李是个不错的家伙，我很高兴见到他。他待了一个小时左右，我们交换彼此都认识的朋友的新闻，谁在哪个乐队，谁收拾行李去了加拿大或者欧洲。

"好多老队友都走了，不在了，太可惜了，"他说。"大家本来相处得很愉快，可转眼你就不知道对方身在何处了。"

他聊了聊他最近接的活，我们回忆了在圣地亚哥的一些时光，聊得很开心。就在他的来访接近尾声时，他说道：

"那杰克·马弗尔呢？你怎么解释？世界真奇怪，不是吗？"

"是很奇怪，"我说。"可话说回来，杰克一直是个好乐手。他现在的成就是他应得的。"

"是，可还是奇怪啊。记得那时候的杰克吗？在圣地亚哥时？史蒂夫，你随便哪一天晚上都有可能把他赶下台去。现在看看他。纯粹是运气还是其他？"

"杰克一直是个好人，"我说，"就我而言，看见任何一个萨克斯手得到认可都是好的。"

"认可是没错，"李说。"而且还就在这家酒店。我找找，我带着呢。"他在包里找了一通，掏出一份皱巴巴的《洛杉矶周报》。"找到了，在这里。西蒙-韦斯伯里音乐奖。年度最佳爵士乐手。杰克·马弗尔。看看，什么时候举行？明天在楼下舞厅。你可以溜达下去参加颁奖仪式。"他放下报纸，摇了摇头。"杰克·马弗尔。年度最佳爵士乐手。谁想得到呢,啊,史蒂夫?"

"我想我是不可能下楼的,"我说。"但我会记得举杯祝贺的。"

"杰克·马弗尔。天啊,这世界是不是疯了?"

* * *

午饭后大约一个小时,电话铃响了,是琳迪。

"棋盘摆好了,亲爱的,"她说。"过来玩吧?别说不行,我无聊得快发疯了。哦,别忘了带 CD 过来。我太想听你的演奏了。"

我放下电话,坐在床边,想不通刚才为什么没有更加坚定自己的立场。我甚至连暗示说"不"都没有。也许我就是没有骨气。也有可能我虽然嘴上不承认,但其实认同了布拉德利的话。可是现在没时间想这些了,我得赶紧决定我的哪些 CD 最有可能感动她。前卫的是肯定不行的,比如去年我在旧金山跟一群电子乐手合录的那些。最后,我选了一张 CD,换上干净的衬衫,再把晨衣披上,到隔壁去。

* * *

琳迪也穿着晨衣,可她穿着这身衣服去参加个电影首映礼也没多大问题。棋盘确实已经在矮矮的玻璃桌上摆好了。我们像上次那样面对面坐下，开始下棋。大概是因为有事可做，这次的气氛比上次轻松多了。我们边下棋边东聊西聊：电视节目啦、她最喜欢的欧洲城市啦、中国菜啦。这次没有像上次那样提到很多人的名字，她似乎也比上次安静许多。下着下着，她突然说道：

"你知道我怎么没让自己在这个地方待到疯掉吗？我的秘诀？我来告诉你，可你不能说出去，对格雷西也不能说，好吗？我的秘诀就是半夜出去散步。只在这栋楼里，但是楼很大，可以走个不停。而且夜深人静的时候真是太不可思议了。昨天晚上我走了有一个小时？你也得当心，还是一直都有工作人员在走来走去，但是我从来没有被人撞见。我一听到动静就跑开躲起来。有一次清洁工瞥见了我，但是我马上躲到阴影里去了！太刺激了。整个白天你是个囚犯，到了晚上，你就好像完全自由了，真的是太好玩了。哪天晚上我带你一起去，亲爱的。我带你看好东西。酒吧、餐厅、会议室，还有很棒的舞厅。一个人也没有，又空又黑。我还发现了一个最有意思的地方，一间顶层公寓，我想以后是总统套房？建了一半，可被我找到了，我还进得去。我待在那里，二十分钟，半个小时，在那里想事情。嘿，史蒂夫，这样对吗？我可以这样走，吃掉你的皇后吗？"

"哦。对，我想是。我没看见。嘿，琳迪，你说你不会下棋，可实际上你挺行的嘛。现在我要怎么走呢?"

"好吧,听我说。你是客人,而且听我说话确实让你分心了。我就假装没看见。我是不是很好?对了,史蒂夫,我不记得问没问过你。你结婚了吧?"

"结了。"

"她对这件事怎么看?我的意思是这不便宜。用这些钱她可以买好几双鞋。"

"她同意这件事。事实上,这事最初是她的想法。看看现在是谁不专心了?"

"哦,该死。反正我下得很臭。我不是要多管闲事,可她经常来看你吗?"

"她一次也没来过。可这是我们的共识,在我来这里之前。"

"哦?"

她好像没听懂,我就说:"是挺奇怪,我知道。可我们说好了要这样。"

"好吧。"过了一会儿,她说道:"那是不是说没人来看你呢?"

"有人来看我。其实今天早上就有。我以前共事的乐手。"

"哦,是吗?那太好了。亲爱的,我一直都搞不清楚马怎么走。你要是发现我走错了就告诉我,好吗?我不是有意要作弊的。"

"好的。"然后我说道,"今天来看我的那家伙给我带来一条新闻。有点奇怪。挺巧的。"

"嗯哼？"

"几年前我们认识了一个萨克斯手，在圣地亚哥，一个叫杰克·马弗尔的人。你可能听说过他。如今他是个明星了。可那个时候，我们认识他的时候，他还默默无闻。但他其实是个骗子、冒牌货。从来都找不着调。最近我也听过他的演出，好几次，没有比以前进步。可他交了几次好运，如今成了红人了。我向你发誓他没有比以前好到哪儿去，一点也没有。可你知道是什么新闻吗？就是这家伙，杰克·马弗尔，明天要参加一个盛大的音乐奖颁奖礼，就在这家酒店。年度最佳爵士乐手。真是疯了，你知道吗？那么多的有才华的萨克斯手，他们却决定要把奖给杰克？"

我停了下来，抬头看着棋盘对面的琳迪，笑了笑，用平静了些的语气说道："你能怎么办？"

琳迪坐了起来，把注意力全都放在我身上。"太糟了。你说这个人根本不优秀？"

"对不起，我有点失态了。他们想颁给杰克一个奖，有什么不可以呢？"

"可要是他根本不优秀……"

"他不比其他人差。我说说而已。对不起，你不用搭理我。"

"嘿，对了，"琳迪说道。"你把你的唱片带来了吗？"

我指了指身旁沙发上的CD。"不晓得你会不会有兴趣。你用不着非得听……"

"哦,可我要听,一定要。来,给我看看。"

我把CD递给她。"这是我在帕萨迪纳市时共事的一支乐队。我们演奏经典曲目,老派的摇摆乐,有点巴萨诺瓦。没什么特别的地方,只是你要我带我就带了。"

她端详着CD封面,先拿近了看,又拿开,又拿近,说:"你在封面上吗?我很好奇你长什么样。或者我应该说,你以前长什么样。"

"右边第二个。穿着一件夏威夷衬衫,拿着烫衣板。"

"这个?"她看了看CD,然后又看着我,说,"嘿,你长得很可爱。"可是她的声音很轻,一点儿都不让人信服,我甚至能清楚地感觉到有丝丝的怜悯。然而她马上回过神来。"好,我们来听听看!"

她朝音响走去,我说道:"第九首,《你在身旁》,是我的特别曲目。"

"《你在身旁》来了。"

我是经过一番思考才选了这首歌的。这支乐队里的成员水平很高。作为个人我们都有更加激进的理想,但是我们组了这么个乐队,专门演奏一些优秀的主流作品,晚餐食客们喜欢听的那种。我们演奏的《你在身旁》——我的萨克斯贯穿整首歌——并非完全颠覆托尼·加德纳的版本，但是我总是引以为豪。你可能会想这首歌的各种版本你都听过了。好吧，听听我们的。比如说，听听副歌第二段。或是中间的八个小节，乐队从Ⅲ-5和弦升到Ⅵx-9和弦时，我的萨克斯一直高上去，期间的跨度是你无法想象的，然后停留在那甜蜜的、非常温柔的降B大调。我觉得我的演绎赋予了歌曲不一样的味道，渴望、悔恨，你以前一定没有听过。

因此可以说，我有信心这首歌能让琳迪满意。头一两分钟，她似乎很享受。把CD放进去以后她就站在原地，像上次放她丈夫的唱片时那样开始随着缓缓的节拍恍恍惚惚地摇摆起来。可是渐渐地，她的动作越来越小，最后站在那里不动了，背对着我，低着头，像是在专心思考。一开始我并不觉得这是什么坏兆头。可歌还没播完，她就走回来坐下，这时我才意识到有哪里不对了。隔着绷带，我当然没办法看到她的表情，可是她跌倒在沙发里的样子可不好看，像个紧绷绷的模特衣架。

歌播完了，我拿起桌上的遥控器，把音响整个儿关掉了。琳迪还是那么坐着，姿势僵硬、难看。似乎过了很久，她才稍微振作起来，伸手抚弄一颗棋子。

"很好听，"她说。"谢谢你给我听这个。"很客套，而她似乎并不在意她的话说得这么没有诚意。

"这首歌大概不合你的胃口。"

"没有，没有。"她的声音变得阴沉、冷淡。"很不错。谢谢你给我听这个。"说着她走出手里的棋子，说道，"轮到你了。"

我看着棋盘，努力回忆我们下到哪里。片刻后，我轻声问道："也许那首歌，那首歌让你产生特别的联想？"

她抬起头来，我能感觉到绷带后面的怒气。可她还是用冷冷的声音说道："那首歌？没有什么联想。没有。"突然她笑了起来——短促的、冷酷的笑。"哦，你是说有关他的联想，有关托尼的？没有，没有。他从没唱过那首歌。你吹得很好。很专业。"

"很专业？什么意思？"

"意思就是……就是很专业。我是在表扬你。"

"专业？"我站了起来，走过去把碟从音响里拿出来。

"你生什么气？"她的声音仍旧冷冰冰的。"我说错话了？抱歉。我没有恶意。"

我走回桌子边，把碟放进盒子里，但没有坐下。

"棋还下吗？"她问。

"你若不介意，我有一些事情得处理。电话啦，文件啦。"

"你生什么气？我不明白。"

"我没有生气。时间晚了，就这样。"

她终于站起来，送我到门口。我们冷冷地握手道别。

*　*　*

　　我说过手术以后我的睡眠规律被打乱了。那天晚上我突然觉得累，早早睡觉，酣睡了几个小时，半夜醒来，就睡不着了。我躺了一会儿就起来开电视。我发现一部小时候看的电影，就拖了把椅子过来，声音开得小小的，把剩下的看完。看完了以后，我又看两名传教士在一群叫嚣怂恿的看客面前吵来吵去。总的说来我很满意。我感觉惬意，觉得自己远离了外面的世界。所以当电话响起时，我的心脏都快跳出来了。

　　"史蒂夫？是你吗？"是琳迪。她的声音怪怪的，像是喝了酒。

　　"是我。"

　　"我知道很晚了。可是我刚才路过的时候看见门缝底下有光。我想你和我一样睡不着。"

　　"我想是吧。如今很难正常起居。"

　　"是啊。肯定。"

　　"没事吧？"我问道。

　　"没事。都好。好得很。"

　　此时我听出来她并没有喝醉，可我仍搞不清楚她是怎么了。

她也不一定就是喝醉了——可能只是睡不着，有话想跟我说，所以兴奋。

"真的没事？"我又问了一遍。

"没事，真的，可是……听着，亲爱的，我有个东西，我有个东西想给你。"

"哦？是什么呢？"

"我不想说。我要给你一个惊喜。"

"有意思。我什么时候过去拿吧，嗯，早饭以后？"

"我希望你现在就过来拿。我是说，东西在这里，而且你醒着，我也醒着。我知道很晚了，可是……听着，史蒂夫，今天白天，下午的事，我觉得我欠你一个解释。"

"忘了吧。我不介意……"

"你以为我不喜欢你的音乐，所以生我的气。不是的。不是这样的，恰恰相反。你给我听的，那个版本的《你在身旁》，我怎么也不能把它赶出脑海。不，我指的不是头脑，我指的是心。我怎么也不能把它赶出心扉。"

我不知道该说什么，不等我回答，她又说道：

"你过来吗？现在？我好好地解释给你听。而且最重要的是……不，不，我现在不能说。我要给你一个惊喜。你过来就知道了。把你的CD再带过来。好吗？"

151

* * *

琳迪一开门就把CD从我手里拿过去,好像我是送货的,可是接着她就抓住我的手腕,把我拉进去。她还穿着那件漂亮的晨衣,但是看起来没有之前那么完美了:衣服一边高一边低,后脑勺领口附近的绷带钩住了一团绒毛。

"我想你刚刚夜游回来。"我说。

"你醒着我太高兴了。我不知道我是不是能等到早上。好了,听着,就像我刚刚说的,我要给你一个惊喜。我希望你会喜欢,我想你会喜欢的。可我要你先坐下来。我们再听一遍你那首歌。我看看,是第几首?"

我在老地方坐下,看着她摆弄音响。屋里的灯光柔和,空气凉爽宜人。接着《你在身旁》的音乐高声响了起来。

"不会吵到别人吗?"我说。

"管他的。我们付了这里一大笔钱,其他人不关我们的事。好了,嘘!听,听!"

她开始像之前那样随着音乐摇摆,只是这次她没有中途停下来,而且随着音乐的进行,她似乎越来越陶醉,张开手臂,像是在与一个假想的舞伴共舞。音乐停止以后,她关掉CD,一动不动地背对着我站在房间的尽头。她那样子站了似乎很长一段时间才朝我走过来。

"我不知道该说什么,"她说道。"太出色了。你是个很棒、很棒的乐手。你是个天才。"

"呃,谢谢。"

"我第一次听就知道了。是真的。所以今天下午我才会有那样的反应。假装不喜欢,假装讨厌?"她坐了下来,看着我,叹了口气。"以前托尼总叫我别这样。我老是这样,怎么也改不掉。我遇见一个,你知道,一个真正的天才,一个天资过人的人,我就忍不住,我的第一反应就是像我今天下午对你的那样。这就是,我不知道,我想是嫉妒吧。就好像有时候一群女人,姿色平庸,一个漂亮的女人走了进来,就会遭到其他人的憎恨,想把她的眼睛挖出来。我遇见像你这样的人时就是这样。特别是不期而遇时,像今天这样,我没有准备。我是说,一分钟前我以为你只是一个普通人,突然间你……你不再是普通人了,你变成另一个人了。你明白我在说什么吗?总之我试着跟你解释为什么今天下午我会表现得那么坏。你完全有理由生我的气。"

一时间我们都没有说话,午夜的寂静笼罩下来。过了许久,我说道:"啊,谢谢,谢谢你跟我说这些。"

琳迪突然站了起来。"现在,我要给你的惊喜!在那里等着,别动。"

她走进隔壁的房间,传来开、关抽屉的声音。她回来的时候,胸前双手握着一件东西,然而她用丝手帕把东西盖着,我不知道她拿的是什么。她在房间的中央站住了。

"史蒂夫,我要你过来领。这是一个颁奖仪式。"

虽然不知道她要干什么,我还是站了起来,走过去。她揭开手帕,伸手递给我一个亮晶晶的铜像。

"你完全配得上这个奖。这个奖是你的了。年度最佳爵士乐手。也许是史上最佳。恭喜你。"

她把铜像放到我手中,透过纱布轻轻地亲了亲我的脸颊。

"啊,谢谢。确实是个惊喜。嘿,真好看。这是什么?鳄鱼吗?"

"鳄鱼?拜托!是一对可爱的小天使在接吻。"

"哦,是,我看出来了。啊,谢谢你,琳迪。我不知道该说什么。真的很漂亮。"

"鳄鱼!"

"对不起。只是这个小家伙把腿伸得这么老长。可现在我看出来了。真的很漂亮。"

"啊,奖是你的了。你应该得到这个奖。"

"我很感动,琳迪。真的。这下面写什么?我没戴眼镜。"

"写着'年度最佳爵士乐手'啊。不然还能写什么?"

"真的?"

"是啊,当然是真的。"

我握着铜像走回沙发,坐下来想了一会儿,说:"告诉我,琳迪。你刚刚给我的东西。不可能是你在夜里散步的时候碰巧拿到的吧?"

"是啊。当然可能了。"

"这样。那不可能是,是真的奖杯吧?我指他们要颁给杰克的那个奖?"

琳迪没有马上回答,而是静静地站了一会儿才答道:

"当然是真的了。给你一个旧破烂有什么意义呢?本来会发生一件不公平的事,如今公正得到了伸张。这才是关键。嘿,亲爱的,好了。你知道你才应该得到这个奖。"

"你这么说我很感激。只是……啊,这有点像偷窃。"

"偷窃?不是你自己说那家伙一点儿都不优秀吗?是个冒牌货?可你是个天才。是谁偷了谁的?"

"琳迪,你到底是在哪里拿到这个东西的?"

她耸耸肩。"一个地方。我去的一个地方。可能是个办公室。"

"今天晚上?你今天晚上拿的?"

"当然是今天晚上拿的。昨天晚上我又不知道这个奖。"

"没错,没错。那么是一个小时前,对吗?"

"一小时。也有可能是两小时。谁知道？我出来了一段时间，去了一会儿我的总统套房。"

"天啊。"

"听着，谁会在意？你担心什么呢？他们丢了一个奖杯可以再去拿一个。说不定他们有一整柜的奖杯。我给你一个你应得的东西。你不会不要吧，史蒂夫？"

"我不是不要，琳迪。这份好意，这份荣誉，等等，我都接受，我真的很高兴。可是这个，这个真的奖杯，我们得还回去。我们得把它放回原处。"

"见鬼！谁会在意？"

"琳迪，好好想想。事情被发现了你会怎么样？你能想象得到媒体对这件事会怎么说吗？你的崇拜者们会怎么说？快点。我们现在就还回去，在大家还没起来之前。告诉我你在哪里找到这个东西的。"

她突然像个做错事的小孩，叹了口气，说："我想你是对的，亲爱的。"

* * *

说好了还回去以后，琳迪变得对这个奖杯特别恋恋不舍，一直把铜像紧紧地捏在胸前。我们匆匆地走过寂静的走廊，偌大的旅馆都在沉睡中。琳迪带着我走下隐蔽的楼梯和员工通道，走过桑拿浴室和自动贩卖机。我们一个人也没有看见或者听见。走着走着，琳迪突然小声说道："这边。"我们推开厚厚的门，走进一个黑咕隆咚的地方。

我确定周围没有人后就打开从琳迪房里拿的手电筒，照了照四周。我们在一个舞厅里，可是如果你打算这时候跳舞的话，会发现有餐桌碍事。每张餐桌上都铺着白色亚麻桌布，摆着相应的椅子。天花板上有一盏华丽的中央吊灯。房间的最里面有一个凸起的台子，幕布遮着，但挺大的，应该可以进行一场相当规模的演出。房间的中央搁着一架活动梯子，一台真空吸尘器竖直靠在墙边。

"看来要举行一个派对，"琳迪说。"四五百人？"

我往里面走了走，又用手电筒照了照。"可能就是这里了。就在这里给杰克颁奖。"

"当然是了。我发现这个地方"——她举起铜像——"还有其他铜像。最佳新人，最佳年度 R&B 专辑，等等这类东西。是个大活动呢。"

虽然手电筒不是很亮，可我的眼睛适应了这里的光线，能把这个地方看得更清楚了。刹那间，我站在那里看着舞台，能想象这个地方明天会是什么样子。我想象着所有的人穿着盛装,唱片公司的人、知名的活动赞助商、演艺圈的各路明星,大家有说有笑,互相恭维。每当主持人提到某个赞助商的名字,大家奉承地鼓鼓掌;而当得奖人登台时,大家就认真鼓掌了,还夹杂着欢呼声和喝彩声。我想象着杰克·马弗尔站在台上,手握奖杯,脸上挂着一副自鸣得意的微笑,就像在圣地亚哥他独奏完、接受观众鼓掌时的那种微笑。

"也许我们错了。"我说道。"也许没必要把这个还回来。也许我们应该把它扔到垃圾堆里去。和你找到的其他奖杯一起。"

"哦?"琳迪糊涂了。"你这样想的,亲爱的?"

我叹了口气。"不,不是。可是这样做……很痛快,不是吗?把所有的奖杯都扔进垃圾堆里。我敢说所有的得奖人都是冒牌货。我敢说他们那群人连个热狗面包都做不来。"

我等着琳迪接我的话,可是她什么也没说。而当她开口时,她的声音里有一丝与先前不同的语气,严厉的语气。

"你怎么知道有些得奖人不行?你怎么知道有些人不配得到他们的奖?"

"我怎么知道?"我突然很生气。"我怎么知道?想想看吧。一个认为杰克·马弗尔是年度最杰出的爵士乐手的评审团,他们会把奖给什么样的人呢?"

"可是你怎么知道其他人怎么样？甚至是这个杰克。你怎么知道他取得这个奖不是他努力来的？"

"这算什么话？难不成现在你成了杰克最大的粉丝了？"

"我只是说说我的想法。"

"你的想法？这是你的想法？我想我不应该这么惊讶。我差点忘了你是什么人了。"

"你这话是什么意思？你怎么敢这么跟我说话？！"

我突然意识到我情绪失控了，赶紧说道："好了，我失态了。对不起。我们开始找那间办公室吧。"

琳迪没有做声。我转过去看着她，光线太暗，我猜不出她在想什么。

"琳迪，办公室在哪儿？我们得找到那里。"

最后，她终于用拿着雕像的手指向舞厅的后面，然后在我前面穿过那些桌子，仍旧没有说话。我们走到舞厅的后面，我把耳朵贴在门上听了几秒钟，没有声响，我小心地打开门。

我们到了一个似乎与舞厅平行的狭长的地方。不知哪里有盏昏暗的灯开着，所以我们不用手电筒就能依稀看得见。这里显然不是我们要找的办公室，而像是个餐厅连着厨房的地方。墙的两边摆着长长的工作台，中间留着一条仅供工作人员取食物的过道。

然而琳迪好像认识这个地方，大踏步朝走道里面走去。走到半中间突然停下来，研究起留在台子上的一个烤盘。

"嘿，是饼干！"她的情绪好像恢复了平静。"真可惜都包着玻璃纸。我饿扁了。看！我们看看这底下是什么。"

她又往前走了几步，打开一个穹顶状的大盖子。"看啊，亲爱的。真是诱人！"

出现在琳迪面前的是一只又肥又大的烤火鸡。她没有把盖子盖上，而是小心翼翼地放在火鸡的旁边。

"我扯条腿他们会不会介意？"

"我想他们会很介意，琳迪。可管他呢。"

"这腿真大。你要和我分吗？"

"不要白不要。"

"好。来吧。"

她把手伸向火鸡。可是突然间她直起身子，转向我。

"刚才到底是什么意思？"

"什么什么意思？"

"你刚才说的话。说你不应该惊讶。对我的想法。什么意思？"

"对不起。我不是有意冒犯。我只是自言自语。"

"自言自语？干吗不再多自言自语一些？我说也许有些人配得到他们的奖。这有什么好笑的？"

"我的意思只是这些奖颁错了人。可是你好像不这么认为。你觉得不是这样……"

"其中一些人可能很努力才取得今天的成就。他们需要一点认可。像你这样的人问题就在于,就因为上天赋予了你们特殊的才华,你们就觉得你们应该应有尽有。你们比我们其他人优秀,你们每次都应该排在前面。你们没有看见还有很多其他人不如你们幸运,可是他们很努力赢得社会的认可……"

"那你觉得我没有努力咯?你觉得我整天游手好闲?我费尽千辛万苦才做出有价值的、优美的音乐,可到头来谁受到认可?杰克·马弗尔!你这样的人!"

"你该死的敢这么说!我跟这件事有什么关系?我今天得奖了吗?谁给我颁过他妈的什么奖?我得到过什么?就是在学校,有没有什么唱歌、跳舞还是其他什么玩意的证书?没有!什么都没有!我总是看着别人,看着你们这些讨厌的家伙上台领奖,你们的父母在台下鼓掌……"

"没得过奖?没得过奖?看看你!谁是名人?谁住漂亮房子……"

就在这时,啪的一声,开关开了,我们俩在刺眼的强光下对视。两名男子从我们刚才进来的地方进来,朝我们走过来。过道刚好够他们两个人并排走。其中一个黑人大个儿穿着酒店的保安制服,一开始我以为他手里拿着枪,后来看清那是一部对讲机。另一个是个小个子白人,穿着浅蓝色西服,一头黑亮的头发。两个人看起来都不怎么友善。他们在我们面前一两码的地方停下,小个子从上衣里掏出证件。

"洛杉矶警局的摩根,"他说。

"晚上好,"我说。

那个警察和保安一言不发地看着我们。过了一会儿,那个警察问道:

"酒店的客人?"

"是的,"我说。"我们是酒店的客人。"

我感觉到琳迪柔软的睡袍擦过我的后背。接着她拉住我的胳膊,我们肩并肩站着。

"晚上好,警官。"她用和平时不一样的、懒洋洋、甜滋滋的声音说道。

"晚上好,夫人,"警察说道。"你们这会儿不睡觉是不是有什么特殊原因?"

我们俩马上抢着回答。我们笑了,但另外两个人可一点笑容也没有。

"我们睡不着,"琳迪说。"所以出来散步。"

"出来散步。"警察借着刺眼的白光环顾了一下四周。"还是找吃的。"

"是,警官!"琳迪还是尖着嗓门说。"我们饿了,我相信您晚上有时候也会肚子饿。"

"我想客房服务不够好,"警察说道。

"是不怎么好,"我说。

"尽是些稀疏平常的东西,"警察说。"牛排、比萨、汉堡、三明治。我刚刚自己从通宵营业的客房服务那里点了一份,所以知道。不过我想你们不喜欢这些东西。"

"嗯,您知道的,警官,"琳迪说道。"只是好玩。偷偷下来吃点东西,明知不允许。您小时候也干过吧?"

那两个人都没有软化的迹象。可是那个警察说道:

"抱歉打扰二位,可是要知道这里不对客人开放。而且刚刚丢了一两件东西。"

"真的?"

"是的。二位今晚看见什么奇怪、可疑的东西了吗?"

琳迪和我对视了一下,然后她朝我使劲地摇摇头。

"没有,"我说。"我们没有看见什么奇怪的东西。"

"什么都没有?"

说话间保安慢慢走上前来,他的大块头挤过我们身边的餐台,走到我们身后。我明白了他们的策略是保安上前来检查我们，看看我们有没有把什么东西藏在身上，而他的同伴不停地跟我们说话。

"没有，什么都没有。"我说。"你们觉得有什么呢？"

"可疑的人。不寻常的举动。"

"警官，您的意思是，"琳迪惊恐地说，"房间遭盗窃了？"

"不算是，夫人，可是确有一些重要的东西不见了。"

我能感觉到保安在我们身后晃动。

"所以您才会在这里，"琳迪说道。"来保护我们的人身和财产安全。"

"是的，夫人。"那个警察的视线微微动了一下，我感到他和我们身后的那个人交换了一下眼神。"好了，要是你们看见什么奇怪的东西，请马上联系保安。"

看来盘问结束了，警察让开道让我们出去。我松了一口气，准备离开，可是琳迪说道：

"我想我们太调皮了，跑到这里来吃东西。我们本想吃些那里的奶油蛋糕，可是我们想那蛋糕可能是有特殊用途的，糟蹋了可惜。"

"酒店里有很好的客房服务，"警察说。"全天候的服务。"

我想把琳迪拽走，可她好像突然中了邪，变成人们常说的那种莽撞、不知死活的罪犯。

"您刚刚自己点了东西，警官？"

"是的。"

"东西好吗?"

"挺不错的。我建议二位也这么做。"

"让先生们继续他们的调查吧,"我拽着琳迪的胳膊说,可她仍不走。

"警官,您介不介意我问您一个问题?"她问道。

"请问。"

"您刚才说看见什么奇怪的东西。您自己不就看见什么奇怪的东西了吗?我是指,我们两个?"

"我不明白你的意思,夫人?"

"比如说我们两个脸上都缠满绷带?您没注意到吗?"

警察仔细地看了看我们,像在验证琳迪说的最后一句话,然后说道:"事实上,我注意到了,夫人。可是我不想过问私事。"

"哦,这样啊。"琳迪说道,然后转向我,"他是不是很体贴?"

"走吧,"我说道,这次用力地把她拽走了。我能感觉到那两个人一直盯着我们的后背,直到门口。

* * *

我们故作镇定地穿过舞厅。可一走出那扇双开式弹簧大门,我们就害怕得几乎跑起来了。我们一直搭着胳膊，所以一路上跌跌撞撞。琳迪领着我往前走，最后把我拉进了一架货运电梯。当电梯的门关上、我们开始往上升时，琳迪才放开我的手，背靠在金属墙上，发出一阵奇怪的声音，是透过绷带传来的歇斯底里的笑声。

走出电梯以后，她再次把手搭在我的胳膊上，说："好了，我们安全了。现在我带你去一个地方。很特别的地方。看这个？"她拿出一张钥匙卡。"看看它能干什么用。"

她拿着卡片打开一扇写着"私人禁地"的门，然后又打开一扇写着"危险，禁止入内"的门。最后我们来到一个充满油漆和石灰味的地方。墙上、天花板上都垂着电线，冷冰冰的地板上满是水渍和污渍。我们能看清楚是因为房间有一面整个儿是玻璃——还没有挂上窗帘或者百叶窗——外面所有的亮光在这里投下淡黄色的斑点。这里比我们的房间还要高；看窗外的高速公路和周围的区域，我们像是从直升飞机上往下看。

"这里要建新的总统套房，"琳迪说道。"我喜欢来这里。还没有电灯，没有地毯。可正渐渐成形。我第一次来的时候比现在粗糙得多呢。如今你可以看出形状来了，甚至还多了这张睡椅。"

屋子的中央有一大团黑影，被床单完全盖住了。琳迪像看见老朋友一样走过去，疲惫地一屁股坐了下去。

"虽然这是我的想象,"她说,"可是我相信他们建这房间是为了我。所以我能到这里来。这一切。因为他们在帮我。帮我塑造我的未来。这里以前乱七八糟的。可是看看现在。它在渐渐成形。这里以后会很漂亮。"她拍了拍身旁的垫子。"来吧,亲爱的,休息一下。我累坏了。你一定也是。"

想不到这睡椅——抑或床单底下是其他什么东西——这么舒服。我一坐下去就感觉一阵阵的疲惫朝我袭来。

"天啊,我困了,"琳迪说道,把全部的重量压在我的肩膀上。"这里是不是很棒?我在狭缝里发现了钥匙,第一次来的时候。"

有一会儿我们都不说话,我自己也困了。可是我突然想到什么事情。

"嘿,琳迪。"

"哼?"

"琳迪。奖杯哪儿去了?"

"奖杯?哦,对了。奖杯。我藏起来了。不然还能怎么样?要知道,亲爱的,你真的配得那个奖。我希望这事儿对你有意义,我把奖颁给你,像今晚这样。不是我一时心血来潮。我考虑过,很认真地考虑过。我不知道这样做对你意义大不大,也不知道十年、二十年后你还会不会记得。"

"我当然会记得。而且这件事对我意义重大。可是琳迪,你说你藏起来了,藏在哪里?你把铜像藏到哪里去了?"

"哼?"她又昏昏欲睡了。"藏在我唯一能藏的地方。我把它放到火鸡里去了。"

"你把它放到火鸡里。"

"跟我九岁的时候一模一样。我把妹妹的荧光球藏在火鸡里。就想到了。反应够快吧?"

"是,确实。"我累得不行,可我强迫自己集中精神。"但是琳迪,你藏得很好吗?我是说那些警察现在会不会已经发现了?"

"我想不会。没有角露出来,如果你是指这个。他们怎么会想到找那里呢?我在背后塞的,像这样。一直塞。我没有转头去看,不然那两个人就会怀疑了。不是心血来潮。决定给你那个奖。我想过,很认真地想过。我真的希望这事儿对你有意义。天啊,我得睡了。"

她倒在我身上,不一会儿就打起呼噜来了。考虑到她动的手术,我小心翼翼地移动她的脑袋,以免她的脸颊压在我的肩膀上。接着,我也渐渐入睡。

* * *

我猛地醒过来,看见面前的大窗户外天快亮了。琳迪还在熟睡,所以我小心翼翼地离开她,站起来,伸了伸胳膊。我走到窗户前，看着灰白的天空和底下远远的高速公路。我拼命回忆我睡着之前想到了一件什么事，可是我的脑子累得不行、迷迷糊糊的。突然间我想起来了，我走回睡椅，摇醒琳迪。

"什么事？什么事？你要干吗？"她闭着眼睛说。

"琳迪，"我说。"奖杯。我们把奖杯忘了。"

"我告诉过你了。奖杯在火鸡里。"

"是，所以你听着。那些警察可能不会想到去看火鸡里面。可是迟早会有人发现的。说不定现在就有人在切火鸡了。"

"那又怎么样？他们发现奖杯在里面。那又怎么样？"

"他们发现奖杯在里面，他们会报告这一重大发现。那个警察就会想起我们。他会想起我们曾经在那里，站在火鸡旁。"

琳迪好像清醒多了，说道："是，我明白你的意思了。"

"只要奖杯在火鸡里，他们就会怀疑我们跟这一罪行有关。"

"罪行？嘿，什么罪行？"

"随便你怎么说。我们得回去把东西从鸡里拿出来。然后随便放哪里都可以，就是不能放在那里。"

"亲爱的，我们真的非这样做不可吗？我现在累死了。"

"我们非这样做不可，琳迪。奖杯放在那里，我们会有麻烦的。而且记住，对于记者来说，这可是一条大新闻啊。"

琳迪想了想，然后稍微直了直身子，看着我说："好吧，我们回那里去吧。"

* * *

这一次走廊里有做清洁和人说话的声音,但我们还是安全地回到了那个舞厅,没遇见一个人。光线也好多了,琳迪指了指双开门旁边的告示。上面用塑料的字母拼块写着:J. A. 普尔清洁剂公司早餐会。

"难怪昨晚找不到放奖杯的办公室,"她说,"不是这个舞厅。"

"这没关系。现在我们要的东西在这里面。"

我们穿过舞厅,小心翼翼地走进餐厅。和昨天晚上一样有盏昏暗的灯开着,现在又多了些气窗照进来的自然光。没有看见人,可我沿着长长的工作台扫了一眼,发现我们有麻烦了。

"看来有人来过,"我说道。

"是啊。"琳迪往过道里走了几步,看看两边。"是啊。看那里。"

之前我们看见的罐子、盘子、蛋糕盒、有银色穹顶盖子的大盘子统统不见了。取而代之的是一堆堆间隔整齐地摆放着的盘子和餐巾。

"得,他们把食物都搬走了,"我说。"问题是,搬到哪儿去了?"

琳迪又往过道里走了几步,然后突然转过来。"记得吗,史蒂夫，上次在这里，在那两个人进来之前，我们在讨论一个问题。"

"是的，我记得。可又提起它干吗？我知道我失态了。"

"是啊，不提了。那只火鸡到底哪儿去了？"她又左右看了看。"知道吗，史蒂夫？小时候我十分渴望成为舞蹈家或歌唱家。我努力啊努力，老天知道我努力了，可人们只知道笑话我，我觉得这个世界太不公平了。但是后来我长大一些，我发现这个世界也不是那么不公平。即使是像我这样的人，没有什么天赋的人，也仍然是有机会的。你仍旧可以在天底下找到自己的位置，不一定只能是个默默无闻的人。要做到不容易。你得十分努力，不理会别人怎么说。可机会一定有。"

"啊，你似乎干得不错。"

"世界上的事真奇怪。知道吗，我觉得这是非常明智的。我指你妻子，叫你来做这个手术。"

"我们别提她。嘿，琳迪，你知道那扇门通向哪里吗？那边那扇？"

房间的尽头，餐台的末端，有三个台阶通向一扇绿色的门。

"干吗不去看看？"琳迪说。

我们像刚刚一样小心翼翼地打开门，一时间我完全找不着北了。这里很暗，我每次想转身都会碰上帘子或防水布之类的东西。琳迪拿着手电筒在我前面，似乎没有我这么狼狈。接着我终于跟跄地走到了一个黑咕隆咚的场子,琳迪正等着我,手电筒照着我的脚。

她低声说道:"我发现你不喜欢谈到她。我指你妻子。"

我也低声回答她:"没有的事。我们这是在哪儿?"

"她没来看过你。"

"那是因为我们现在不在一起。既然你非得知道。"

"哦,对不起。我不是要多管闲事。"

"你不是要多管闲事?!"

"嘿,亲爱的,看!就是这个!我们找到了!"

她用手电筒照着不远处的一张桌子。桌子上铺着白色桌布,并排放着两个银色穹顶盖子。

我走到第一个穹顶前,小心地打开。一只肥肥的烤火鸡端坐在里面。我摸索着它的腹腔,伸了根指头进去找。

"什么都没有,"我说。

"你得伸到里面去。我塞得很里面。这些鸡比你想的要大。"

"我说了里面什么都没有。手电筒照那里。我们试试另一只。"我小心地掀开第二只的盖子。

"你知道,史蒂夫,我觉得这样不对。你不应该觉得说这件事是丢脸的。"

"说什么事?"

"说你和妻子分开了。"

"我说我们分开了？我那样说了吗？"

"我以为……"

"我说我们不在一起。两码事。"

"像一回事……"

"啊，不是。只是暂时的，试验性的。嘿，我摸到什么东西了。这里面有东西。找到了。"

"把它拽出来，亲爱的。"

"不然你以为我在干吗？天啊！你非得塞这么里面吗？"

"嘘！外面有人！"

一开始很难判断外面有几个人。接着声音近了，我听出来只有一个人，在不停地打电话。我也明白我们在哪里了。我本以为我们到了一个什么后台，但其实我们就站在舞台上，我面前的帘子是把我们和舞厅隔开的唯一东西。打电话的男子正穿过舞池，朝舞台走过来。

我轻声示意琳迪关掉手电筒，灯熄了，一片漆黑。她在我耳边说道："我们离开这里。"说完我听见她悄悄地离开。我再次试图把铜像从火鸡里拿出来，可现在我不敢弄出声音，而且我的手指头没法抓牢铜像。

声音越来越近，最后那家伙像是就在我面前。

"……那不是我的问题，拉里。菜单上得印上公司标志。我不管你们怎么印。好吧，那你就自己印吧。对，你自己印，自己送过来，我不管你怎么做。只要在今天早上送过来，最迟七点半。我们这里要那些东西。桌子很好。桌子很多，相信我。好好。我会确认的。好，好。对。我马上就确认。"

那男的边说最后一句话，边走到了房间的另一头。他一定是按了墙上的什么开关，一道强烈的光线从我头顶上直射下来，同时传来类似空调的嗡嗡的声音。只是我意识到发出声音的不是空调，而是我面前的帘子在慢慢打开。

在我职业生涯中我总共上台过两次进行独奏表演，突然间我不知道从何开始，不知道要用哪个调，不知道怎么换弦。那两次我都僵住了，像电影里的定格，直到乐队里有个人上来救我。我入行二十年这种事情只发生过两次。总之，这就是头顶的聚光灯打开、幕帘慢慢掀开时我的反应。我僵住了。而且我突然感觉自己置身事外，有点好奇帘子拉开以后会看见什么。

我看见了舞厅，而且从舞台上更能看出桌子从头到尾被排列成整齐的两排。头顶的灯光在舞厅里投下了些许阴影，可我还是能看见大吊灯和华丽的天花板。

打电话的男子是个秃头的胖子，穿着灰色西服、开领衬衫。他一定是按了开关以后就走开了，如今他几乎和我平齐。他的电话贴在耳朵上，看他的表情你以为他在专心听对方讲话。可是我想他没有,他的眼睛死死地盯着我。他瞪着我,我也瞪着他,我们会这样子永远瞪下去,要不是他又接着打电话,可能是对方问他为什么突然不说话了。

"没事。没事。是个人。"他停顿了一下,接着说,"我刚刚以为是什么东西。没想到是个人。头上包着绷带,穿着睡衣。就是这样,现在我看清楚了。他手里抓着一只鸡什么的。"

我突然清醒过来,下意识地开始甩动手臂。我右手手腕以下还在火鸡里,我用力的甩动弄得整张桌子哐当作响。可至少现在我不用担心被发现了,因此我不管三七二十一,拼了命努力把手和铜像拿出来。而那个男的继续打他的电话。

"不,我没有骗你。现在他把鸡拿掉了。哦,他从里面拿出了什么东西。嘿,老天,那是什么?鳄鱼?"

他平静地说出最后那几个字,真是令人佩服。铜像拿出来了,火鸡嘭的一声掉到地板上。我急忙走进身后漆黑的地方,听见那个男的对他的朋友说:

"我怎么知道?可能是什么魔术吧。"

* * *

我不记得我们是怎么回到我们住的地方了。离开舞台后我又被一堆帘子搞得晕头转向，好在琳迪抓住我的手。然后，我们急匆匆地奔回房间，再也不管我们弄出了多少声响，或者撞见了谁。路上，我把铜像放在某个房间外客房服务的盘子上，不知谁吃剩的晚餐旁。

回到琳迪的房间，我们一屁股坐到沙发上，大笑起来，一直笑到我们两个倒成一团。琳迪站起来，走到窗户旁，打开百叶窗。天已经亮了，虽说是阴天。她走到橱子前调起饮料——"世界上最棒的无酒精鸡尾酒"——然后递给我一杯。我以为她会在我旁边坐下，可她又走回窗前，小口喝着自己的饮料。

过一会儿她问道："你期待吗，史蒂夫？期待绷带拆下来？"

"我想是吧。"

"上周我都还没怎么想这件事。觉得事情还远着呢。可现在不远了。"

"是啊，离我也不远了。"说完我轻声叫道，"天啊。"

琳迪抿了一口酒，看着窗外。然后我听见她说："嘿，亲爱的，你怎么了？"

"我很好，只是得睡一觉。"

她看了我好一会儿，说道："听我说，史蒂夫，会好起来的。鲍里斯是最棒的医生。你瞧着吧。"

"是。"

"嘿，你是怎么了？听着，这是我第三次整容。第二次找鲍里斯。会好起来的。你会变帅，很帅。而你的事业，从此以后蒸蒸日上。"

"可能吧。"

"不是可能！会焕然一新的，相信我。你会上杂志，上电视。"

我没有回答。

"嘿，好了！"她朝我走了几步。"打起精神来。你不是还生我的气吧？在下面我们不是搭档得很好吗？我还要告诉你，从今以后我就是你的搭档。你是个天才，我来助你一臂之力。"

"行不通的，琳迪。"我摇摇头。"行不通的。"

"谁说行不通。我去找人，能帮你大忙的人。"

我仍旧摇头。"我很感激。可是没有用。行不通的。从来就行不通。我不应该听布拉德利的。"

"嘿，好了。没错，我不再是托尼的妻子了，可我在城里还有很多好朋友。"

"这我知道，琳迪。可是没有用。是这样的，是布拉德利，我的经纪人，说动我来做手术的。我真是个白痴，听了他的话，可我没办法。我无计可施了，而他想出了这么套理论。他说是我妻子海伦想出了这个计划。她不是真的离开我。不是，这只是她计划的一部分。她那么做都是为了我，为了让我能做这个手术。绷带拆掉以后,我有了张新面孔,她就会回来,一切就又会好起来。布拉德利这么说的。他说的时候我就不相信,可我能怎么样呢?至少还有希望。布拉德利利用了这个,他利用了这个,他就是这样,你知道。他是个卑鄙小人,整天只想着生意,还有什么大腕。他怎么会关心她会不会回来?"

我不说了,琳迪也没有出声。过了好一会儿,她说道:

"听着,亲爱的,听着。我希望你妻子回来。真的。可如果她不回来,你也应该向前看。她也许是个好人,可是生活不单单只是爱一个人。你得振作起来,史蒂夫。像你这样的人,你们不属于普通人一类的。看看我。绷带拆掉以后,我会回到二十年前吗?我不知道。而且我已经很久没有在男人们之间周旋了。可我还是要去,去试一试。"她走过来,推了推我的肩膀。"嘿,你只是累了。睡一觉就会感觉好多了。听着,鲍里斯是最棒的。他会搞定的,我们俩都是。你瞧着吧。"

我把杯子放到桌子上,站起来。"我想你说得对。就像你说的,鲍里斯是最棒的。而且在下面我们搭档得很好。"

"在下面我们搭档得很好。"

我往前把手搭在她的肩上,亲了亲她两个缠着绷带的脸颊,说:"你自己也好好睡一觉。我很快会再过来,我们再来下棋。"

* * *

可是那天早上以后,我们很少再见面。事后想想,那天晚上我说了什么话本应该道歉,或至少是给个解释的。可是那时,回到她房间的时候,我们在沙发上大笑的时候,似乎没有必要,甚至是不应该旧事重提。那天早上道别的时候,我以为我们俩都已经不再想那件事了。即便如此,我已经见识了琳迪的反复无常。没准后来她回想起来,又生我的气了。谁知道?总之,我以为那天她会打电话给我,可是没有,第二天也没有。相反,透过墙壁,我听见托尼·加德纳的唱片高声播放着,一张接一张。

当我终于又过去的时候,大概是四天以后,她欢迎我,但有点冷淡。和第一次一样,她侃侃而谈她的名人朋友——虽然没有一个跟帮助我的事业有关,可是我不介意。我们下了棋,可是她的电话响个不停,她老得去卧室接电话。

后来,大前天晚上,她过来敲门说她要离开酒店了。鲍里斯对她的情况很满意,同意她回家拆绷带。我们友好地道别,可是似乎我们真正的道别已经说过了,就在那次大冒险过后的早上,当我上前亲吻她的两个脸颊的时候。

这就是琳迪·加德纳住在我隔壁的故事。我祝她顺利。至于我，我还要六天才能拆绷带，还要很久才能吹萨克斯。可现在我已经习惯这种生活了，我安心地过着每一天。昨天我接到海伦的电话，问我怎么样了。当我告诉她我认识了琳迪·加德纳时，她十分震惊。

"她还没再婚吗？"她问。当我把事情说给她听，她说："哦，好吧。我一定是把她跟什么人混起来了，她叫什么名字来着。"

我们尽谈些无关紧要的事——她看了什么电视，她的朋友带着孩子顺道去看望她。接着她说普伦德加斯特向我问好，她说这句话的时候语气明显变紧张了。我差点要说："喂？我是不是听见你说情人的名字时没好气？"可是没有。我只说向他问声好，她没有再提起他。也有可能是我自己想象出来的。说不定她是希望我感激一下他。

她准备挂机的时候，我用夫妻间打完电话时那种快速、例行公事的语气说："我爱你。"几秒钟的沉默，然后她也用同样例行公事的语气说"我也爱你"，就挂了。天知道她什么意思。我想如今我没什么可做的了，只能等着拆绷带。然后呢？也许琳迪说得对。也许像她说的，我应该向前看，生活确实不单单只是爱一个人。也许这次真的是我的转折点，我的明星梦不远了。也许她说得对。

大提琴手

  这是午饭后我们第三次演奏《教父》了，我扫视了一下坐在广场上的游客，想看看大概有多少是听过之前一次的。经典的歌曲人们不介意多听一遍，但不能太频繁，不然他们就会怀疑你是不是没有其他节目了。每年到了这个时候，重复一些曲目通常没什么问题。渐起的秋风和贵得离谱的咖啡总是让客人换了一批又一批。总之，这就是为什么我会去注意广场上的面孔，意外地发现了蒂博尔。

  他正挥舞着手臂，一开始我以为他是在跟我们挥手，后来发现他是在招呼服务生。他看上去比以前老，还胖了些，但不难认出来。我用胳膊肘轻轻地推了推身边拉手风琴的费边，摆头示意他注意那个年轻人，因为当时我没法从萨克斯上腾出手来指给他看。就在这时，当我环顾乐队时，突然间发现：我们认识蒂博尔的那年夏天，当时在乐队里的那群人就只剩下我和费边了。

  没错，那是七年前的事了，可我还是感到不小的震撼。像这样天天在一起演出，渐渐地你会把乐队当作家，把乐队里的其他成员当作你的兄弟。当时不时有人离开的时候，你就会想他们会一直保持联系，从威尼斯、伦敦或其他地方寄明信片回来，抑或是寄一张目前所在乐队的照片——就像给老家写信一样。因此想到以前的乐队就剩我们两个人，不禁令人感慨世事无常。今日的知己明日就变成失去联络的陌路人，分散在欧洲各地，在你永远不会去的广场和咖啡馆里演奏着《教父》或者《秋叶》。

这支曲子奏完了，费边狠狠地瞪了我一眼，怪我在他的"特别小节"推了他——算不上独奏，却是一段小提琴和单簧管难得停下来的时候，我的萨克斯以柔和的音符给他伴奏，由他的手风琴把持调子。我跟他解释，把蒂博尔指给他看，这会儿蒂博尔正在阳伞下搅动着咖啡。费边想了好一会儿才认出他来，说：

"啊，对了，那个拉大提琴的小子。不知道他是不是还跟那个美国女人在一起。"

"当然不在了，"我说。"你不记得了？事情那个时候就结束了。"

费边耸耸肩，把注意力放到他的乐谱上，不一会儿我们开始演奏下一首歌。

我很失望费边对蒂博尔的出现不怎么感兴趣，不过我想他跟其他人不一样，从来就不曾对这个年轻的大提琴手有特别的兴趣。是这样的，费边只是个在酒吧和咖啡厅里演出的乐手，不像詹卡洛，我们当时的小提琴手，或者欧内斯托，当时的贝司手，他们是受过专业训练的，所以对蒂博尔这样的人总是很感兴趣。也许是有一点点的嫉妒在里面——嫉妒蒂博尔受过顶级的音乐教育，嫉妒他还有大好的前途。但平心而论，我觉得他们只是想保护像蒂博尔这样的人，给他们一些帮助，甚至让他们对未来做好准备，这样，当事情不尽人意的时候，他们就不会太接受不了。

七年前的那个夏天异常炎热，即便在这个城市有时也感觉像是在亚得里亚海。我们要在室外演出四个多月——在咖啡店的遮阳篷底下，面对着广场和所有的桌子——告诉你吧，干这活儿热得不得了，就算有两三台电扇在你旁边呼呼地吹。可是这倒带来了好生意，游客熙熙攘攘，很多是从德国和奥地利来的。本地的居民也跑到沙滩上来乘凉。那年夏天我们还开始留意到俄国人。如今看见俄国游客不稀奇，他们和其他游客没什么两样。可当时俄国人还很罕见，让人不禁停下来看几眼。他们穿着古怪，像学校里新来的小孩子一般不自在。我们第一次见到蒂博尔是在幕间休息的时候，我们在一旁咖啡馆为我们准备的一张大桌子旁休息喝饮料。他就坐在旁边，不停地起来摆弄琴箱，不让太阳照到。

"瞧他，"詹卡洛说。"俄国来的穷音乐学生。他在这儿做什么呢？打算把所有的钱都扔在中央广场的咖啡上吗？"

"准是个傻瓜，"欧内斯托说。"但是个浪漫的傻瓜。为了在广场上坐一下午宁可饿肚子。"

他瘦瘦的，浅褐色头发，戴着一副老土的厚框眼镜，活像只熊猫。他每天都来，我不记得究竟是怎么起的头，只记得过了一段时间我们开始在幕间休息时和他坐在一起聊天。有时他在我们晚上演出的时候过来，演出结束以后我们会把他叫来，请他喝杯酒，或者吃烤面包片什么的。

不久我们就知道了蒂博尔不是俄国人，是匈牙利人；他的实际年龄要比长相大一些，他在伦敦的皇家音乐学院学习过，然后在维也纳待了两年，师从奥列格·彼得罗维奇。经过一开始痛苦的适应期后，他学会了应付大师出了名的坏脾气，信心满满地离开维也纳——应邀到欧洲一些不大、但是很有名的地方演出。可是后来由于演出市场不景气，音乐会逐渐被取消；他开始被迫演奏一些他讨厌的音乐；住的地方不是贵就是脏。

于是乎我们这里精心组织的文化艺术节——那年夏天他正是为此而来——就成了他最需要的助推器。当皇家学院的一个老朋友愿意夏天把运河旁的一间公寓借给他时，他毫不犹豫就答应了。他说他很喜欢我们的城市，可是钱永远是个问题，虽然他偶尔有些演出，但现在他不得不好好考虑下一步怎么走了。

听说了蒂博尔的烦恼以后不久，詹卡洛和欧内斯托决定：我们应该为他做些事情。就这样蒂博尔见到了阿姆斯特丹来的考夫曼先生，詹卡洛的一个远房亲戚，在酒店界有点关系。

我仍然清楚地记得那个晚上。那时还是初夏，考夫曼先生、詹卡洛、欧内斯托，还有乐队里其他所有的人，我们坐在咖啡馆的里屋，听蒂博尔拉琴。年轻人一定是知道这是考夫曼先生的试听，所以那天晚上表演得特别卖力，现在回想起来真是有意思。他显然很感激我们，当考夫曼先生答应回阿姆斯特丹以后会尽力帮助他的时候，他的喜悦之情溢于言表。大家说那年夏天蒂博尔开始走下坡路，说他头脑发热、不知好歹，说都是因为那个美国女人，咳，也许不无道理。

* * *

一天，蒂博尔喝着第一杯咖啡，注意到了那个女人。那时广场上还挺凉快——早上大部分时候咖啡馆的尽头都照不到太阳——洒过水的石块路面还湿湿的。蒂博尔没有吃早饭，所以眼红地看着隔壁的女人点了好几种混合果汁，后来又要了一盘蒸贻贝——肯定是一时兴起点的，因为那时还不到十点。他隐约觉得那女的也在偷偷看他，可他没有放在心上。

"她长得不错，甚至算得上漂亮，"那时蒂博尔这么对我们说。"可你们瞧,她比我大十、十五岁。所以我干吗要胡思乱想呢?"

不久蒂博尔就把她给忘了,准备回去,在邻居回家吃午饭、开起收音机前练两个小时琴。突然那女的站到他面前。

女人笑嘻嘻地看着他,那样子好像他们认识似的。只不过蒂博尔天性害羞,才没有跟她打招呼。女人把一只手搭到他的肩上,像是在原谅一个考试不及格的学生,说:

"几天前我看了你的独奏会。在圣洛伦佐。"

"谢谢,"他答道,但心里知道自己的回答傻乎乎的。看见那女的还是低头朝着他笑,他又说道:"哦,是的,圣洛伦佐教堂。没错。我确实在那里演出过。"

那女的笑了一声,突然在他面前坐了下来。"说得好像你最近演出很多似的,"女人略带讥讽地说道。

"如果您这么觉得,恐怕我给了您错误的印象。您看的那场独奏会是我最近两个月唯一的一次演出。"

"可是你才刚开始,"女的说。"有演出就是好事。而且那天观众不少。"

"观众不少?那天才二十四个人。"

"那是下午。下午的独奏会能有那些人算不错了。"

"我不应该抱怨。可是观众实在不多。都是些没有其他事可做的游客。"

"哦!别这么瞧不起人。毕竟我在那里。我也是游客之一。"蒂博尔脸红了——因为他无意冒犯——这时那女的拍了拍他的手臂,微笑着说道:"你才刚开始。别在意有多少观众。你不是为了这个演出的。"

"哦?若不是为了观众,那我为了什么演出呢?"

"我不是这个意思。我想说的是在你事业的这个阶段,二十个观众还是两百个观众,没有关系。为什么?因为你行!"

"我行?"

"没错。你行。你有……这个潜力。"

蒂博尔差点儿很没礼貌地笑出声来。他不怪那女的,更多的是怪他自己。他本以为对方会说"天赋",或至少是"才能",可马上转念想到:他希望对方这么评价自己是多么的愚蠢。然而那女的继续说道:

"现阶段,你要做的是等有人来听见你的音乐。这个人很可能就在周二那天的那间屋子里,在那二十个人里面……"

"是二十四个人,不包括组织者……"

"二十四,随便。我的意思是目前观众的人数不重要。重要的是那一个人。"

"您是指唱片公司的?"

"唱片公司？哦，不，不是。用不着操心那个。不，我指能挖掘你潜力的人。听了你的音乐，知道你不是又一个训练有素的平庸之才的人。知道虽然你现在还只是一枚茧，但只要些许帮助，就可以破茧成蝶。"

"我懂您的意思了。您是不是碰巧就是那个人？"

"哦，拜托！我看得出来你是个自尊心很强的年轻人，可我不觉得会经常有导师主动来找你。至少不是我这个级别的。"

这时，蒂博尔突然意识到自己可能在犯一个大错。他仔细端详着那个女人的脸。那女的已把墨镜摘下，她的脸温柔友善，但带着失望，甚至是些许愤怒。蒂博尔直盯着她看，脑子里拼命在想她是谁，但最后他只能说道：

"很抱歉。您大概是位著名的音乐家？"

"我叫埃洛伊丝·麦科马克，"她微笑着说道，伸出一只手来。可惜这个名字对蒂博尔来说毫无意义，他不知该如何是好。他的第一反应是假装惊讶，他说："真的。太惊讶了。"可他马上就振作起来，知道这种谎话不仅不诚实，而且几秒钟内就会被揭穿的，那样更加尴尬。于是他坐直了身子，说道：

"麦科马克小姐，很荣幸见到您。我知道您一定会觉得不可思议，然而是这样，我还年轻，而且是在冷战时期的东欧、在铁幕下长大的，很多西欧人家喻户晓的电影明星和政治人物，我至今还一无所知。所以请您原谅，我并不知道您是谁。"

"呃……真是诚实可嘉。"虽然她嘴上这么说，但显然觉得受到了冒犯，没有了之前的热情。两人尴尬地沉默了片刻，蒂博尔接着说道：

"您是著名音乐家，没错吧？"

她点点头，目光游移到广场上。

"我再次向您道歉，"蒂博尔说。"像您这样的人会来看我的演出真是我的荣幸。请问您演奏什么乐器？"

"和你一样，"那女的很快地说道。"大提琴。所以我才会进去听。即便是那天那种不起眼的小音乐会，我也忍不住要去听，不能走开。我想我有一种使命感。"

"使命感？"

"我不知道还有别的什么叫法。我希望每个大提琴手都能拉好琴。拉出优美的琴。他们的演奏方法常常被误导了。"

"抱歉，是只有我们大提琴手犯有这个毛病，还是指所有的音乐家？"

"其他乐器可能也有。但我是一个大提琴手，所以我也听其他大提琴手的。当我听出毛病的时候……你瞧，有一次，我看见一群年轻人在科雷尔博物馆的大厅演奏，大家都从他们身边匆匆走过去，我却停下来听他们演奏。我极力控制住自己没有走到他们面前去跟他们说。"

"他们拉错了?"

"不算是。但……咳,就是没有。就是少了。不过你瞧,我要求太高了。我知道我不应该要求每个人都达到我给自己定的水平。我想他们还只是音乐学院的学生。"

那女的第一次靠到椅背上,看着在中央喷泉泼水嬉闹的孩子们。最后蒂博尔打破沉默,说道:

"星期二那天您大概也有这种冲动吧。想过来找我把您的意见说出来。"

她微笑了一下,但马上变得非常严肃。"没错,"她说道。"我确实想。因为当我听你演奏的时候,我听见了以前的我。恕我直言,你现在的路子不对。当我听你演奏的时候,我很想帮你走上正轨。宜早不宜迟。"

"我必须声明,我接受过奥列格·彼得罗维奇的指导。"蒂博尔平静地说道,等着对方的反应。他惊奇地看见那女的强忍着没笑出来。

"彼得罗维奇,是,"对方说道。"彼得罗维奇在他的鼎盛时期是一位非常令人尊敬的音乐家。我也知道在他的学生心里,他一定仍然是一位重要的人物。可是对我们很多人来说,如今他的想法,他那整套方法……"她摇摇头,两手一摊。一时间蒂博尔气得说不出话来，只是瞪着她。那女的又一次把一只手搭在他的胳膊上，说："我说得够多了。我没有权利。我不再打扰你了。"

她站了起来，这个动作平息了蒂博尔的怒火；蒂博尔天生一副好脾气，从不会对别人耿耿于怀。再者，那女人刚才说的关于他旧日老师的那番话触到了他内心深处一根隐隐作痛的心弦——一些他一直不敢面对的想法。因此，当蒂博尔抬头看着那女人时，他脸上更多的是迷惑。

"瞧，"那女的说道，"我这么说你一定很生气。可我想帮你。要是你决定想谈一谈，我就住在那里。怡东酒店。"

这家全城最好的酒店坐落在广场的另一头，与咖啡店相对。那女的微笑着指给蒂博尔看，然后迈步朝酒店走去。蒂博尔一直看着她，快到中央喷泉时，那女的突然转过身来，惊起一群鸽子。她朝蒂博尔挥挥手才继续往前走。

* * *

接下来的两天，这次会面在蒂博尔的脑海里挥之不去。他又想起当他那么自豪地说出彼得罗维奇的名字时她嘴角的冷笑，心里的怒火又烧了起来。回想那时的情景，蒂博尔知道他并不是为他旧日的老师感到生气，而是他已经习惯认为彼得罗维奇这个名字一定会产生效果,他可以依靠彼得罗维奇这个名字得到关注和尊敬;换句话说,他把这个名字当作向世人炫耀的证书。让他感到如此不安的是这个证书也许并不像他原来想的那么有分量。

他还念念不忘那女的临别时的邀请。当他坐在广场上时,他的视线不时游移到广场的另一端,怡东酒店的大门口,出租车和豪华轿车在门口不停地迎来送往。

终于,那次会面后的第三天,蒂博尔穿过广场,走进酒店的大理石大堂,请前台拨打那女人的分机号。前台拨通电话,问蒂博尔名字,说了几句以后就把话筒递给他。

"对不起,"蒂博尔听见那女人的声音说。"那天我忘了问你的名字,一下子没想起来你是谁。可我当然没有忘记你。其实我一直在想你。我有好多话想对你说。但是要知道,我们得把这事给做对了。你带着琴吗?没有,当然没有了。你一个小时以后再过来吧,一个小时整,到时把琴带上。我在这里等你。"

当蒂博尔带着乐器回到怡东酒店时,前台马上把电梯指给他看,告诉他麦科马克小姐在等他。

想到在大下午进她的房间,蒂博尔觉得很不好意思,好在麦科马克小姐的房间是一间大套房,卧室锁着,看不见。高大的落地窗外装有两扇木质遮阳板,此时打开着,所以蕾丝窗帘随风摇摆。蒂博尔发现走到阳台上就可以俯视广场。房间里粗糙的石墙和深色的木地板，感觉非常朴素，只有花、垫子和古典式家具作为装饰。相反，女主人穿着 T 恤衫、田径裤和运动鞋，像刚跑步回来。她什么招待也没有——没有茶也没有咖啡——就说：

"拉琴给我听。拉些你在独奏会上拉的曲子。"

她指了指端正地摆放在屋子中央的一把光亮的直椅，蒂博尔坐下来，拿出琴。那女的则在一扇大窗户前坐下，整个人侧对着蒂博尔，让人感觉不太自在。蒂博尔调音的时候，那女的一直都看着窗外。他开始拉了，那女的姿势也没有改变。第一支曲子拉完了，女人不发一言，于是他紧接着演奏下一首，然后又是一首。半个小时过去了，然后一个小时过去了。昏暗的房间、简陋的音效、飘动的蕾丝窗帘掩映下的午后阳光、远远传来的广场上的嘈杂声，但最主要的是那个女人的存在，使他的音符有了新的深度和含义。快一小时的时候，蒂博尔深信他的表现超出了对方的预期。然而当他演奏完最后一曲时，两个人默默地坐了好一会儿，那女的才终于转向他，说道：

"是，我知道你现在是什么样一个情况了。这事儿不容易，可是你做得到。你一定做得到。我们从布里顿[①]开始吧。那一曲再拉一遍，第一乐章就好，然后我们聊聊。我们一起努力，每次

[①] 本杰明·布里顿（1913—1976），英国著名作曲家。

进步一点。"

听了她的话,蒂博尔真想马上收拾东西走人。可是另一种本能——也许仅仅是好奇,也许是其他更深层次的东西——压过了他的自尊心,迫使他开始重新演奏那女的叫他拉的曲子。他刚拉了几小节,那女的就叫他停下来,开始讲。蒂博尔再次想起身走人。出于礼貌,他决定对这不请自来的指导最多再忍五分钟。可是他发现自己没有离开,多待了一会儿,然后又多待了一会儿。他又拉了几小节,那女的又接着说。她的话一开始总是让人觉得狂妄又很抽象,但当他试着把她的意思表现在音乐里的时候,他发现效果惊人。就这样,不知不觉又一个小时过去了。

"我突然间看见了什么东西,"蒂博尔这么跟我们说。"一座我没进去过的花园。就在那里,在远处。有东西挡着我的去路。可第一次有这么一个花园。一个我从来没见过的花园。"

当他终于离开酒店,穿过广场来到咖啡馆的时候,太阳已经快落山了。他犒赏了自己一份攒奶油杏仁蛋糕,喜悦之情一览无余。

* * *

接下来的几天,蒂博尔每天下午都到酒店去,回来的时候,虽不像第一次那样有茅塞顿开之感,但至少是精神焕发、信心满满。麦科马克小姐的评论越来越大胆，旁观者（若有这么个旁观者的话）也许会觉得她的话太过分了，可是现在当她打断他的演奏时，蒂博尔再也不会这样想了。如今他害怕的是麦科马克小姐什么时候会离开这个城市。这个问题开始在他心里萦绕，让他睡不好觉，在每一次愉快的交流过后，当他走出酒店、走进广场时，在他心头投下一层阴影。可是每次蒂博尔试探地问她的时候，她的回答总是含含糊糊，不能让蒂博尔安心。"哦，等天凉到我受不了的时候，"一次她这么说道。还有一次："我想我会一直待到我觉得烦为止。"

"可她自己呢？"我们一直问他。"她的琴拉得怎么样？"

我们第一次问他这个问题的时候，蒂博尔并没有好好地回答我们，只是说"她一开始就跟我说她是一个大师"之类的话，然后就把话题转到别的地方去了。可我们揪着问题不放，他只好叹了口气，跟我们解释。

事实是，从第一次指导开始，蒂博尔就想听麦科马克小姐演奏，可是不好意思开口。他看了看麦科马克小姐的房间，没有大提琴的影子，心里有些生疑。可毕竟度假时没把琴带着是很正常的。而且，也有可能确有一把琴——可能是租来的——在关着的卧室的门后。

然而随着他一次次来到这里练琴，这种疑问越来越强烈。蒂博尔努力不去想这些，因为他原本对他们的会面还有所保留，现在统统没有了。麦科马克小姐只听不拉，似乎给了蒂博尔想象的空间。在不去麦科马克小姐那里的时间里，蒂博尔发觉自己常常在脑子里准备着曲子，想象着她会怎么评论，想象着她摇头、皱眉，或者肯定地点点头。可最让人开心的还数看到她陶醉在自己的音乐里，闭着眼睛，手跟着他假装拉起来。然而，他心里的疑问一直挥之不去。一天，他走进麦科马克小姐的套房，卧室的门半掩着。他看见房间里的石墙、一张中世纪风格的四柱床，可没有大提琴的影子。一个大师就算是在度假，也这么久不碰她的乐器吗？可蒂博尔同样把这个问题赶出了脑海。

* * *

夏日一天天过去，渐渐地，他们练习完了以后还要到咖啡厅里来继续交谈。麦科马克小姐给他买咖啡，买蛋糕，或者三明治。如今他们不仅仅谈论音乐——虽然每每都会回到音乐上来。比如，麦科马克小姐会问蒂博尔与他在维也纳相好的德国女孩的事。

"可您要知道，她不是我的女朋友，"蒂博尔说。"我们从没正式交往。"

"你的意思是你们从来没有亲密的肢体接触？这并不代表你不爱她。"

"不，麦科马克小姐，不是的。我当然喜欢她。可是我们没有相恋。"

"可是昨天你拉拉赫玛尼诺夫的时候，你想起了一段感情。是爱，罗曼蒂克的爱。"

"不，太荒谬了。我们是好朋友，但不是恋人。"

"但是你拉那一段的时候就像在回忆一段恋情。你还这么年轻就已经知道抛弃、离别。所以你会那样演奏第三乐章。大多数大提琴手演奏那一段时都是喜悦的。但是在你看来，那不是喜悦，而是追忆一去不复返的快乐时光。"

他们的交谈就像这样子。蒂博尔也很想回问她的事。可是就像他跟着彼得罗维奇学习的时候，他不敢问老师一个私人问题一样，如今他也没有勇气问她的私事。蒂博尔只是问些她无意中提到的小事——她现在怎么会住在俄勒冈州的波特兰，三年前她怎么从波士顿搬到那里，为什么她"因为有不好的回忆"而讨厌巴黎——但从不深究。

如今麦科马克小姐的笑容比他们刚认识的时候自然得多。她还养成了走出酒店时挽着蒂博尔的手走过广场的习惯。我们就是这样开始注意他们的，奇怪的一对，男的长相比实际年龄年轻许多,女的有时像个母亲,有时又像个"风骚的女演员"(欧内斯托语)。认识蒂博尔之前,我们总爱拿他们俩来嚼舌根。看见他们手挽着手从我们面前信步走过,我们交换一下眼神,说道:"你们觉得呢?他们好上了吧?"可是乐完了以后,我们还是耸耸肩,承认不像:他们没有恋人的感觉。认识蒂博尔以后,听了他给我们讲他每天下午在她套房里的事,我们就不再消遣他,或者拿他开玩笑了。

一天下午,他们坐在广场上喝着咖啡、吃着蛋糕,她讲起了一个想跟她结婚的男子。那人名叫彼得·亨德森,在俄勒冈州做高尔夫器材生意,做得很成功。他聪明、亲切,受到邻里的爱戴。他比埃洛伊丝大六岁,但这点年龄差不算大。他跟前妻生有两个孩子,但事情已经妥善解决了。

"现在你知道我在这里干什么了吧,"她说道,不安地笑了笑,蒂博尔还没见过她这样子笑。"我在躲他。彼得不知道我在哪里。我想我很残忍。上周二我给他打了电话,告诉他我在意大利,但没说在哪个城市。他很生我的气,我想他有权生气。"

"这么说,"蒂博尔说道。"这个夏天你在考虑你的未来。"

"不算是。我只是在躲着他。"

"您不喜欢他?"

她耸耸肩。"他是个好人。再说,我也没其他什么人可选。"

"这个彼得。他喜欢音乐吗？"

"哦……在我现在住的地方，他当然算是喜欢音乐的。至少他去听音乐会。然后到餐厅吃饭的时候，他会就刚刚听的东西大加赞美。所以我想他是喜欢音乐的。"

"可是他……欣赏您吗？"

"他知道跟一个音乐大师一起生活不容易。"她叹了口气。"我一辈子都有这个问题。你也一样。可是你和我，我们别无选择。我们有我们的路要走。"

她没有再提起彼得。可是从那以后，他们的关系又加深了一些。当他演奏完、她陷入沉思的时候，当他们一起坐在广场上，她看着旁边的阳伞默不做声的时候，蒂博尔一点儿也不会觉得不自在。他知道麦科马克小姐不是不理睬他，反而是感谢有他在。

* * *

一天下午，蒂博尔拉完一曲后，麦科马克小姐叫他把接近尾声的一个八小节再拉一遍。他照做了，然后看见麦科马克小姐仍旧微微地皱着眉。

"拉的不是我们，"她摇摇头，说。麦科马克小姐和平常一样坐在落地窗前侧对着蒂博尔。"其他部分都很好。剩下的全部都是我们。可是这一小段……"她轻轻地哆嗦了一下。

他用不同的方法又演奏了一遍,但其实并不清楚他到底应该怎么拉,所以看见麦科马克小姐再次摇头他不奇怪。

"请原谅,"蒂博尔说道。"请您说得明白一点。我不明白您说的'不是我们'是什么意思。"

"你是要我示范给你看吗?你是这意思吗?"

她的语气平静,转过脸来看着蒂博尔,蒂博尔感到气氛紧张。她目不转睛地看着他,近乎挑战,等着他回答。

最后,蒂博尔说道:"不是,我再试一次。"

"可你在想我为什么不示范给你看,对不对?为什么不借你的琴来说明我的意思。"

"没有……"蒂博尔摇摇头,努力装作若无其事的样子。"没有。我觉得现在这样很好。您口述,我拉琴。这样我才不是在模仿、模仿、模仿。您的话给我打开了一扇扇窗子。要是您来拉,窗子就不会打开。我就只是在模仿。"

麦科马克小姐想了想,说:"也许你说得对。好吧,我尽量解释得明白一点。"

接下来的几分钟,麦科马克小姐跟他解释乐曲的尾声与桥段的差别。然后蒂博尔把那一小段又拉了一遍,麦科马克小姐笑了笑,赞许地点点头。

然而这个小插曲以后,他们的下午时光就蒙上了一层阴影。也许阴影一直都在,只不过现在不小心从瓶子里跑出来,萦绕着他们。又有一次,他们坐在广场上,蒂博尔说起他的大提琴的前一任主人怎么在苏联时代用几条美国牛仔裤换得这把琴。故事讲完以后,麦科马克小姐似笑非笑地看着他,说:

"这是把好琴。声音不错。可我碰都没碰过,说不准。"

蒂博尔知道她又在试图闯入那个领域,马上把目光转向别处,说道:

"它不适合像您这种地位的人。就算是我,现在也感觉不太够用了。"

蒂博尔发现他再也不能无忧无虑地与麦科马克小姐交谈了。他害怕麦科马克小姐重新提起这件事,又回到那里。即便是在他们交谈甚欢的时候,蒂博尔大脑的一部分也在提防着,她一想从别的突破口转到那里去,蒂博尔马上把门关上。即便如此,蒂博尔也不是每一次都能把话题转开,于是当她说:"哦,要是我能示范给你看就容易多了!"之类的话时,他只能装作没听见。

* * *

九月下旬——风渐渐转凉——詹卡洛接到考夫曼先生从阿姆

斯特丹打来的电话：在市中心的一家五星级饭店里一支小型室内乐队需要一个大提琴手。乐队在一个俯瞰餐厅的音乐席上演奏，一周演出四次。除了演出，乐手们在酒店里还有其他"与音乐无关的、轻松的工作"，包食宿。考夫曼先生马上想到蒂博尔，把空缺给他留着。我们立即把这个消息告诉蒂博尔——就在考夫曼先生打来电话的当晚，在咖啡馆里——我想大家都被蒂博尔的冷淡反应吓了一跳。与之前我们安排考夫曼先生对他进行"试听"时判若两人。尤其是詹卡洛非常生气。

"你还有什么好考虑的？"他质问蒂博尔。"你想要什么样儿的？卡内基音乐厅？"

"我不是不领情。可我总得考虑一下。给在吃饭聊天的人演奏，还有酒店的其他工作，是不是真的适合我？"

詹卡洛是个容易冲动的人，我们大家赶紧拦住他，不让他抓住蒂博尔的衣服，冲他大嚷。我们当中的一些人帮蒂博尔说话，说毕竟这是他自己的事，他没有义务接受他觉得不合适的工作。事情终于平静下来，这时蒂博尔也说这份工作若作为一份临时工作，也是有诸多优点的。他冷冷地指出，这座城市过了旅游旺季就是一潭死水，阿姆斯特丹好歹是个文化中心。

"我会好好考虑的，"最后他说道。"麻烦你转告考夫曼先生，我会在三天之内给他答复。"

詹卡洛对这个结果一点儿都不满意——他原本期望蒂博尔会对他感恩戴德——可他还是去给考夫曼先生打了电话。整个晚上，没有人提起埃洛伊丝·麦科马克，然而大家都清楚蒂博尔会说那些话都是因为她。

"那个女人把他变成了一个不知天高地厚的小笨蛋，"蒂博尔离开以后欧内斯托说。"让他就这副德性去阿姆斯特丹吧。很快他就会尝到苦头了。"

* * *

蒂博尔从未跟埃洛伊丝提起考夫曼先生的试听。他好几次想把事情说出来，却总是开不了口。他们的友谊越深，蒂博尔就越觉得若他接受了这份工作就像是背叛了埃洛伊丝。因此蒂博尔自然不会把事情的最新进展与埃洛伊丝商量，甚至都没有让她知道。可是蒂博尔从来就不善于隐藏秘密，他决定不让埃洛伊丝知道这件事，却发生了意想不到的事。

那天下午异常暖和。蒂博尔像往常一样来到酒店，开始把他准备的新曲子演奏给埃洛伊丝听。但是刚拉了三分钟，埃洛伊丝就叫他停下，说道：

"你有心事，你一进来我就看出来了。我现在很了解你了，蒂博尔，我几乎从你敲门的声音就能听出来。听你拉琴以后，我更肯定了。没用的，你瞒不过我。"

蒂博尔沮丧地放下琴弓，正准备和盘托出时，埃洛伊丝举起一只手，说道：

"这件事我们逃避不了。你一直在回避这个问题，没用的。我想谈一谈。这一个星期以来，我一直想谈一谈。"

"真的？"蒂博尔惊讶地看着她。

"对，"她说道，并且把椅子转过来，第一次正对着蒂博尔。"我从没有要骗你，蒂博尔。过去这几周，我很不好受，你是这么好的一个朋友。若你觉得我是个无耻的骗子，我会非常非常难过的。不，求你，别再拦着我了。我要说出来。如果现在你把琴给我，叫我拉，我只能说不行，我拉不了。不是因为那把琴不好，不是的。要是你现在觉得我是一个骗子、我是一个冒牌货，那我要告诉你，你错了。看看我们一起取得的成绩。难道还不足以证明我是货真价实的？没错，我跟你说我是一个大师。好吧，我来解释一下我这么说的意思。我天生拥有非常特殊的天赋，像你一样。你和我，我们拥有其他大多数大提琴手没有的东西，这种东西不管他们怎么努力练习，都没法得到。我在教堂里第一次听你演出时，就在你身上看见了这种东西。而你一定也从哪里看出我身上的这种东西，所以你当初才会决定到酒店来找我。

"像我们这种人不多，蒂博尔，而我们认识了彼此。就算我还没学会拉琴，又有什么关系。你得明白，我确实是一个大师。只是我的才能还没得到挖掘。你也一样，你的才能还没有被完全挖掘出来。这就是我这几周以来一直在做的事情，帮你剥去外面的表层。但是我从没有要骗你。百分之九十九的大提琴手表层下面没东西了，没有才能可挖。所以我们这类人应该互相帮助。当我们在一个拥挤的广场，还是别的什么地方发现对方时，应该主动伸出援手，因为像我们这样的人太少了。"

蒂博尔发现她的眼睛里噙着泪水，但声音却始终平稳。如今她不说话了，再次把脸转开。

"这么说您相信自己将来会成为一名特别的大提琴演奏家，"片刻的沉默之后蒂博尔说道。"一位大师。我们其他人，埃洛伊丝小姐，按您的话说，我们得鼓起勇气挖掘自己，却始终不确定能挖到什么。而您，您不在乎什么挖掘。您什么都不做。但您很肯定自己是个大师……"

"请别生气。我知道我说的像疯话。可我说的是真的，事实就是如此。我母亲在我很小的时候就发现了我的天赋。我至少很感激她这一点。可是她给我找的那些老师，我四岁的那个，七岁的，十一岁的，统统不好。妈妈不知道，可我知道。虽然我还只是个孩子，可是我有这种直觉。我知道我得保护我的天赋，不让别人给毁了,不管这些人多么好心。于是我把这些人统统赶走了。你也一样,蒂博尔。你的天赋很宝贵。"

"请原谅,"蒂博尔打断埃洛伊丝,但语气没有刚才那么冲了。"你是说你小时候拉过琴。可现在……"

"我从十一岁以后就再也没碰过琴了,从我向我母亲解释我不能再跟罗斯先生学琴的那天起。她理解。她同意最好等等,先什么都别做。最重要的是不要破坏我的天赋。总有一天我的时机会到。好吧,有时候我也觉得拖得太久了。我今年四十一了。可至少我没有破坏我与生俱来的那些东西。这些年来我遇到了多少自称能帮助我的老师,可是我把他们看透了。就算是我们,有时候也很难辨别出来,蒂博尔。这些人,他们太……太专业了,他们讲得头头是道,你听着,然后就被骗了,以为,啊,终于有人能帮我了,他跟我们是一类。可后来你就知道他根本不是。这个时候你就得坚决地把自己关起来。记住,蒂博尔,宁可再等一等。有时候我也感到痛苦,我的才华还没被挖掘出来。可我也还没把它给毁了,这才是最重要的。"

蒂博尔终于把他准备的曲子拉了两首给麦科马克小姐听,但是两个人心情都不好,就早早结束了练习。他们来到广场上喝咖啡,很少说话,直到蒂博尔告诉麦科马克小姐他打算离开这里几天。他说他一直想到附近的乡村去走一走,所以给自己安排了一个短假。

"放个假好,"麦科马克小姐平静地说。"可别去太久。我们还有很多事要做。"

蒂博尔保证说他顶多一个星期就回来。可当他们分手的时候,麦科马克小姐的样子还是有些不安。

蒂博尔说他要离开不全是实话:他还什么都没准备。但是那天下午与埃洛伊丝道别以后,他回到家里,打了几通电话,最后在翁布里亚附近山区的一家青年旅馆订了一张床位。那天晚上他来咖啡馆看我们,同时告诉我们他准备去旅行——我们七嘴八舌地告诉他应该去哪里、应该看些什么——他还怯怯地请詹卡洛告诉考夫曼先生说他愿意接受那份工作。

"不然我能怎么办?"他说。"等我回来就分文不剩了。"

* * *

蒂博尔在附近的乡村度过了一个不错的假期。他没有告诉我们多少旅行见闻,只说和几个徒步旅行的德国游客交了朋友,在山坡上的小饭馆多花了些钱。他去了一个星期,回来以后明显精神了许多,但也急于想知道埃洛伊丝·麦科马克是不是还在这里。

那时游客已经逐渐变少，店里的服务生也把室外暖气搬了出来、放在餐桌旁。蒂博尔回来的那天下午就拿着琴，在跟平时一样的时间，来到怡东酒店。他高兴地发现埃洛伊丝不仅在等他，而且看得出来还在想念他。埃洛伊丝热情地欢迎他，就好像一般人激动的时候会拿一大堆吃的或者喝的招待客人一样，埃洛伊丝一把把蒂博尔推到他平时坐的那把椅子上，迫不及待地打开琴盒，说："拉琴给我听！快点！快拉吧！"

他们在一起度过了一个愉快的下午。来之前蒂博尔还在担心在她"坦白"了以后，在他们上次那样分手了以后，事情会变成什么样。但是所有的紧张好像都消失了，他们之间的气氛比以前更融洽了。即便是在他拉完一曲，埃洛伊丝闭着眼睛，开始长篇大论、尖刻地批评他的演奏的时候，他也不觉得生气，只希望自己尽可能地理解她的意思。第二天、第三天都一样：气氛轻松，有时还开开玩笑。蒂博尔觉得自己的琴从来没拉得这么好过。他们没有再提起他离开之前的那次谈话，埃洛伊丝也没有问起他在乡下的旅行。他们只谈论音乐。

到了他回来以后的第四天，接二连三的小意外——包括他房里马桶的蓄水池漏水了——害他没法准时到怡东酒店去。等他从咖啡馆走过去的时候，天已经开始暗了，服务生已经把小玻璃碗里的蜡烛点亮了，我们也已经演奏了两个晚餐的节目。他朝我们挥挥手，穿过广场朝酒店走去，因为背着琴，走起路来看上去一瘸一拐的。

蒂博尔注意到前台在打电话给埃洛伊丝之前稍稍犹豫了一下。埃洛伊丝打开门，热情地欢迎他，但感觉跟平时不太一样。不等蒂博尔开口，埃洛伊丝就很快地说道：

"蒂博尔，真高兴你来了。我正把你的事说给彼得听呢。没错，彼得终于找到我了！"说完，她朝屋里喊道，"彼得，他来了！蒂博尔来了。还带着琴！"

蒂博尔走进房间，看见一个穿着浅色开领短袖衬衫、身材高大、步履蹒跚、头发灰白的男人微笑着站了起来。彼得紧紧地握住蒂博尔的手说："哦，我听说了你所有的事。埃洛伊丝肯定你将来会是个大明星。"

"彼得不肯放弃，"埃洛伊丝说。"我就知道他迟早会找到我的。"

"别想躲着我，"说着，彼得拉来一把椅子请蒂博尔坐下，从壁橱上的冰桶里给他倒了一杯香槟。"来吧，蒂博尔，为我们庆祝重逢。"

蒂博尔抿了一口酒，注意到彼得给他的椅子刚好是他平时坐的那把"琴椅"。埃洛伊丝不知哪里去了，只剩蒂博尔和彼得一面喝酒一面聊天。彼得很友善的样子，问了很多问题。他问蒂博尔是怎么在匈牙利那样的地方长大的。他刚到西欧来的时候有没有感到震撼？

"会乐器真好，"彼得说。"你真幸运。我也想学。可我想有点迟了。"

"哦，永远不会太迟，亨德森先生，"蒂博尔说。

"说得对。永不言迟。说太迟了永远只是借口。不，事实是，我是个大忙人，我对自己说我太忙了，没时间学法语，没时间学乐器，没时间读《战争与和平》等等我一直想做的事。埃洛伊丝小时候拉过琴，我想她跟你说了。"

"是，她说过。我知道她很有天赋。"

"哦，没错。认识她的人都看得出来。她有对音乐的敏感。她就应该学音乐。至于我，我只是个香蕉手。"他举起手，笑了。"我想弹钢琴，可这手怎么弹？倒是很适合挖土，我家祖祖辈辈就是干这个的。可那位女士"——他用拿着酒杯的手指了指房门——"她有对音乐的敏感。"

埃洛伊丝终于从房里出来了，穿着一件深色晚礼服，戴着满身珠宝。

"彼得，别烦蒂博尔了，"她说。"他对高尔夫不感兴趣。"

彼得伸出手，恳求地看着蒂博尔。"告诉我，蒂博尔。我跟你提起过高尔夫一个字吗？"

蒂博尔说他得走了；他看得出来他耽搁他们去吃晚饭了。他的话遭到了两人的反对，彼得说：

"看看我。我这打扮像要去吃饭吗？"

虽然蒂博尔觉得彼得这样穿就很得体，但他还是会意地笑了。彼得又说道：

"你得给我们拉点什么才能走。我听说了很多你的琴技。"

蒂博尔不知如何是好，打开琴盒正准备把琴拿出来，突然听见埃洛伊丝坚定地说道，语气跟刚刚不太一样：

"蒂博尔说得对。时间不早了。这里的饭店你不准时去的话，他们不会给你留着位置的。彼得，去换衣服吧。也许把脸也刮一下？我送蒂博尔出去。我想和他单独谈谈。"

电梯里，他们脉脉地相视而笑，但没有说话。他们走出酒店，发现广场上已经华灯初上。放暑假回来的当地孩子们有的在踢球，有的在喷泉边追逐嬉戏。夜晚的行人熙来攘往，我想我们的音乐应该传到了他们的耳朵里。

"咳，就是这样了，"她终于开口说道。"他找到了我，所以我想他应该得到我。"

"他很有魅力，"蒂博尔说。"那您要回美国去了？"

"我想过几天就会回去了吧。"

"您要结婚？"

"我想是吧。"一时间埃洛伊丝严肃地看着蒂博尔,但马上把脸转开了。"我想是吧,"她重复道。

"我衷心地祝您幸福。他是个好人。而且喜欢音乐。这点对您来说很重要。"

"是的,很重要。"

"刚才您换衣服的时候,我们不是在聊高尔夫,我们在聊学音乐。"

"哦,真的?他学还是我学?"

"都有。不过我想在俄勒冈波特兰没有多少人能教您。"

她笑了一声。"就像我说的,我们这类人不好过。"

"是,我明白。经过这几周我更加明白这个道理。"蒂博尔停顿了一下,接着说道,"埃洛伊丝小姐,我们道别之前我有件事情要告诉您。我很快就要去阿姆斯特丹了。我在那里的一家大酒店里找到了一份工作。"

"你要去当门卫?"

"不是。我要在酒店餐厅的小乐队里演出。在客人吃饭的时候提供娱乐。"

蒂博尔凝视着埃洛伊丝,看见她的眼睛里闪过一道火花,然后慢慢褪去。她一手搭在蒂博尔的手臂上,笑了。

"那祝你好运。"她停顿了一下,又补充道,"那些酒店里的客人有耳福了。"

"希望如此。"

一时间他们俩默默地站在那里,站在酒店前门的灯光照不到的地方,硕大的提琴立在他们中间。

"我也祝愿您与彼得先生过得幸福。"蒂博尔说。

"我也希望如此。"埃洛伊丝说道,又笑了笑。接着她亲了亲蒂博尔的脸颊,给了他一个匆匆的拥抱,说道:"保重。"

蒂博尔道了声谢,不等他反应过来,就只看见埃洛伊丝走进怡东酒店的背影。

* * *

不久之后蒂博尔就离开了这里。他最后一次跟我们喝酒时好好地感谢了詹卡洛和欧内斯托帮他找到这份工作,也感谢我们大家的友谊,但我不由得感觉他的态度有点冷淡。不只我,其他人也这么想,可是直性子的詹卡洛现在又站在蒂博尔一边,说他只是对人生的这下一步感到兴奋、紧张。

"兴奋?他怎么可能兴奋?"欧内斯托说。"整个夏天他都被别人叫做天才。到酒店工作是委屈了他。坐在这里跟我们聊天也是委屈了他。夏天刚到那会儿他还是个好孩子。可那女人对他做了那些事以后,我很高兴能看见他回来。"

我说过了,这是七年前的事了。詹卡洛、欧内斯托,当时乐队里的其他人,除了我和费边都走了。我很久没再想起我们这位年轻的匈牙利天才,直到那天偶然在广场上发现他。他没怎么变,只是胖了些,脖子粗了好一圈。他用手指头招呼服务生的动作——也许是我的想象——有些不耐烦,有些粗鲁,自然而然就有些愤恨。我这么说可能不公平,毕竟我只瞥了他几眼。但我还是觉得他似乎失去了年轻时的快活劲儿和以前认认真真的态度。你可能会说在这世上这不是什么坏事。

我本想过去跟他聊聊,可是等表演结束,他已经走了。据我所知,他只在广场上待了一个下午。他穿着西装——不是什么特别好的,普通西装而已——所以我猜他现在白天在哪里坐办公室。他可能是到附近办事,想起以前的时光,顺路到这里来一下,谁知道?要是他再到广场上来时我不在演出的话,我一定过去跟他聊聊。

浮世音乐家
——代译后记

说到石黑一雄,中国读者大多会想到他是一名英籍日裔小说家,是"英国文坛移民三雄"之一,会想到他的那些获奖小说,想到那些发人深省的主题、简洁优雅的语言。石黑给人的感觉是一位温文尔雅的作家。很少人会想到他还是一个爵士乐迷(更多人知道村上春树是一个超级爵士乐迷),甚至算得上是半个音乐人。其实,音乐一直是石黑生活中的一个重要部分。

谁会把石黑跟大喊大叫的摇滚乐联系在一起呢?石黑的形象和作品很难让人想到他青少年时期曾经是个嬉皮,留着长发,带着吉他,背着背包在美国到处旅行,爱听流行音乐、爵士音乐。那时,他的梦想是当一名摇滚歌手,他不仅会弹吉他和钢琴,还寄了很多小样给唱片公司,当然都是石沉大海。直到二十八岁发表处女作获得成功,石黑才确定自己的才华在于写作,而不是搞音乐。但他也没有就此放弃或者远离音乐,虽然不嬉皮了,歌还可以照听，吉他还可以照弹。如今石黑家里就有很多的吉他。2007年，他还为爵士乐新星史黛西·肯特填写歌词，也算如愿以偿了。

石黑迄今已经出版了六部长篇小说，这是他的第一部短篇集，由五篇故事组成。为什么选择短篇小说这种体裁？石黑在采访中说，现如今很多叫做小说的书其实更像短篇集，如大卫·米切尔的《云图》和《幽灵代笔》、罗贝托·波拉尼奥的《2666》等，都是由几个不同的故事构成的。自己在构思小说时，也会先想到几个不同的方面，再把这些不同的方面发展、组织成一部小说。《夜曲》的五个故事同样是全盘构思的结果。石黑把这五个故事比作一首奏鸣曲的五个乐章、一张专辑的五支单曲，既各自独立，又密不可分。他以音乐为线索，把不相关的人和事联系在一起，五个故事服务于同一个主题。但是五个故事也不是简单的同义反复，故事时而温馨感人，时而荒诞不经，时而令人捧腹，时而令人唏嘘。恰似奏鸣曲中由若干个相互形成对比的乐章构成主题的呈示、发展和再现。

书的标题很浪漫，故事发生的地点也很浪漫：水城威尼斯、优美的莫尔文山、好莱坞的豪华酒店等。可故事里的人和事一点儿也不浪漫。年过半百、风光不再的过气老歌手；连自己儿子都不搭理他们的瑞士老夫妇；人到中年仍一事无成的英语教师和萨克斯手；才能得不到挖掘、只能孤芳自赏的前"大提琴手"；遭遇婚姻危机的中年夫妇；年轻有潜力但无处施展才能、对前途感到迷茫的大提琴手；一心想成为作曲家但处处碰壁的大学青年等。不管老的、年轻的，有钱的、没钱的，他们的生活都不如意，他们对生活都有"满腹牢骚"。

故事里的人都是音乐家或者音乐爱好者，但是故事的主题不限于音乐，仍是石黑一贯的对现代人的生存状态的反思：理想与现实的差距，满腹的才华得不到施展和认可，这些才华反而成了最折磨人的东西。在石黑的小说世界中，人物被庞大的社会机器所控制，无法掌握自己的命运，情感被压抑。《长日将尽》中盲目忠诚的管家、《莫失莫忘》中的克隆人皆是如此，成了环境的牺牲品。《夜曲》比以前的作品都更接近普通人，也不因为篇幅减小而降低了深度。通过作者精心设计的人物对话和心理活动，读者能看出人物的悲剧是由外部环境原因和内部自身原因共同造成的。

书里反复出现一类人：郁郁不得志的打零工的餐厅乐队乐手（第一篇里的扬，第三篇里的瑞士夫妇，第五篇里的"我"和蒂博尔）。在浪漫的水城威尼斯，在风景如画的阿尔卑斯山脉，一般人都觉得在这种地方工作，而且是演奏音乐，太优美、太惬意了，可石黑偏偏不这么想。夏天热得要命，咖啡厅老板、经理不友善，队友今天来、明天去，"今日的知己明日就变成失去联络的陌路人"，为挣口饭吃，在食客们大快朵颐的时候演奏一些通俗歌曲娱乐大众，没有办法演奏自己喜欢的音乐。倒也不是说这份工作就这么坏，正如瑞士夫妇说的"我们干这行是因为我们相信音乐"，只是他们有更大、更远的理想和目标。餐厅乐队这个舞台对他们来说太小了。

第一篇讲述过气歌手托尼·加德纳为重返歌坛、重振事业决定与相爱的妻子离婚。夫妇二人来到蜜月之地威尼斯故地重游，托尼·加德纳心中充满感伤。怎样才算成功、幸福？是事业永远大红大紫，还是跟心爱的人共度此生？每个人有每个人的选择。当然，他的悲剧歌迷大众也有责任，明星结多少次婚都不稀罕，不离婚、再婚反而不正常了。名气大小不在于你的才华多少，更多的在于话题多少。这种现象现代人见怪不怪。

说到第二篇，很多评论家都用到"闹剧"一词。"我"为了伪装出狗弄乱朋友家客厅的效果，居然干出把鞋放到锅里煮、像狗一样在地上爬这样的荒唐事。因为可笑，所以也是最让人觉得可怜的。"我"得知埃米莉并不为日记的事生气，没有什么查理偷看了日记、埃米莉就要把他的眼珠挖出来的事，依旧帮查理说好话，还谎称自己不听爵士唱片了。查理这个人物最突出体现了石黑一贯的不可靠的第一人称叙述，读者最后会发现他的话不能照单全收。表面上"我"是失败者，查理夫妇是成功人士，有收入丰厚的工作、有摆设高档的房子，但他们的家更像是个"艺术展"：

"查理，我要百叶窗干吗？"那一次我问道。"醒来的时候我想看见外面。窗帘就可以了。"

"这些百叶窗是瑞士的，"他这么回答，好像这就说明了一切。

一味追求物质，却不感到满足。能给埃米莉带来心灵慰藉的是那些查理不让她听的老唱片。

"天生我材必有用，千金散尽还复来。"为名也好，为利也罢，实现人生的自我价值是古今中外人们的共同理想。可幸运儿又有多少？理想与现实总是有差距的。就好像史蒂夫的朋友问的那样："纯粹是运气还是其他？"史蒂夫（第四篇故事的叙述者）也不能把自己的不成功完全归咎于长得丑而没有机会。他是有机会的，但是他的两次登台表演都因为紧张而搞砸了，这能怪谁呢？假设他正常发挥，观众很可能就被他的音乐感动了，他不是对自己的音乐很有信心吗？观众也不总是以貌取人，这种例子现实生活中就有不少。与他相比，被他说得一无是处的琳迪按她丈夫的话说，就能处处留心、忍辱负重，并且抓住机会。虽然有情人眼里出西施之嫌，但应该也有几分是真的。

石黑的作品就是这样总是能引发读者的思考，书看完了以后仍然回味无穷。书里提及的大多数歌手、歌名都是真实的，均是二十世纪五十至八十年代的当红歌手和经典曲目。它们是小说的有机组成部分，请读者们务必把这些歌找来听一听，泡上一壶茶，放上一张经典爵士唱片，开始欣赏由石黑一雄谱写的《夜曲》吧。

译　者

附录：石黑一雄诺贝尔奖获奖演说
我的二十世纪之夜及其他小突破

　　如果你在一九七九年的秋天遇见我，你会发现你很难给我定位，不论是社会定位还是种族定位。我那时二十四岁。我的五官很日本。但与那个年代大多数你在英国碰见的日本男人不同，我长发及肩，还留着一对弯弯的悍匪式八字须。从我讲话的口音里，你唯一能够分辨出的就是：我是一个在英国南方长大的人，时而带着一抹懒洋洋的、已经过时的嬉皮士腔调。如果我们得以交谈，我们也许会讨论荷兰的全攻全守足球队，或者是鲍勃·迪伦的最新专辑，或者是刚刚过去的一年里我在伦敦帮助无家可归者的经历。如果你提起日本，问我关于日本文化的问题，你也许会在我的态度中察觉到一丝不耐烦——我会宣称我对此一无所知，因为我自从五岁那年离开日本起，就再未踏足那个国度——甚至都没有回去度过一次假。

　　那年秋天，我背着一个旅行包，带着一把吉他和一台便携式打字机,来到了诺福克郡的巴克斯顿———一个英国小村庄,有着一座古老的水磨坊,四周是一片平坦的农田。我之所以来到这里,是因为我被东英吉利大学的一个创造性写作研究生课程所录取,学时一年。那所大学就在十英里外,在主教座堂所在的诺威奇市,但我没有汽车,所以我去那里的唯一途径就是搭乘一趟只有早、中、晚三班的巴士。但我很快发现,这一点并没有给我带来多少麻烦:我一般一周只需去学校两次。我在一栋小房子里租了一个房间,房主是一个三十多岁的男人,他的妻子刚刚离他而去。无疑,于他而言,这栋房子充斥着破碎旧梦的幽灵———但也许他只是不想见我吧;总之,我经常一连数天都不见他的踪影。换句话说,在经历了那段疯狂的伦敦岁月后,我来到了这里,直面这超乎寻常的清幽与寂寞,而我正是要在这幽寂中将自己变成一个作家。

事实上,我的小房间确实很像经典的作家阁楼。天花板的坡度之陡简直要让人得幽闭恐惧症———尽管我踮起脚尖,就能透过一扇窗户看见大片的耕田无尽地延伸到远方。房间里有一张小桌子,桌面几乎被我的打字机和一盏台灯完全占满了。地板上没有床,只有一大块长方形的工业泡沫塑料,拜它所赐,我在睡梦中没少流汗,哪怕是在诺福克那些冰冷刺骨的夜晚。

正是在这个房间里,我认真审读了我夏天完成的两个短篇小说，思忖着它们究竟够不够格，可不可以提交给我的新同学们。（据我所知，我们班级里有六个人，两周碰一次头。）我到那时为止还没有写过多少值得一提的小说类作品，能够被研究生课程录取全凭一部被BBC退稿的广播剧。事实上，在此之前，我二十岁的时候就已经定下了成为摇滚歌星的明确打算，我的文学志向是直到不久前才浮上心头的。我此刻审视的两个短篇是慌乱之中匆匆草就的，因为我那时刚刚得知自己被大学写作课程录取了。其中一篇写的是一个可怕的自杀契约，另一篇写的是苏格兰的街头斗殴——我在苏格兰做过一段时间的社工。这两篇写得都不好。于是我另开新篇，这次写一名少年毒死了自己的猫，背景同样设定在当今的英国。然后，一天晚上，在我待在那个小房间里的第三或是第四周，我发现自己开始以一种全新的、紧迫的热情写起了日本——写起了长崎，我出生的那座城市——在二战最后的那些日子。

这件事，我需要指出，对当时的我来说可谓出乎意料。今天，在当下盛行的文坛风气中，一位有多元文化背景、渴望成就一番事业的年轻作家几乎会本能地在创作中"寻根"。但那时的情况根本不是这样。我们距离"多元文化"在英国的大爆发还有几年光景。萨尔曼·拉什迪那时默默无闻，名下只有一部已经绝版的小说。那时你向别人问起当下最杰出的年轻英国作家，得到的回答很可能是玛格丽特·德拉布尔；至于老一辈的作家，则有艾丽丝·默多克、金斯利·艾米斯、威廉·戈尔丁、安东尼·伯吉斯、约翰·福尔斯。像加夫列尔·加西亚·马尔克斯、米兰·昆德拉、博尔赫斯这样的外国人只有极小众的读者，即便是阅读面颇广的人也对他们的名字毫无印象。

当时的文坛风气就是这样。因此，当我完成了首个关于日本的短篇时，尽管我感觉自己发现了一个重要的新方向，心中却也不免随即升起了一层疑云，不知这场冒险究竟算不算是一种自我放纵——也不知我究竟是否应该赶快回到"正常"的题材轨道上来。我再三犹豫之后，才开始将这篇作品分发给大家看；直到今日，我依然深深地感激我的同学们，感激我的两位导师——马尔科姆·布拉德伯里与安吉拉·卡特，感激小说家保罗·贝利——他是当年的大学驻校作家，感激他们对我这部作品坚定的鼓励。如果他们的反应不是那么正面的话，也许我就再也不会碰任何有关日本的题材了。但我是幸运的。我回到房间里，开始写啊写。一九七九年到一九八〇年的那整个冬天，连带着半个春天，除了班里的五位同学，村里的食品杂货店老板（我仰赖他的早餐麦片和羊腰子为生），还有我的女朋友洛娜（如今是我的太太）——她每两周就会在周末来看我一次——我几乎不跟任何人说话。这样的生活有失平衡，但在那四五个月里，我的头一部长篇小说——《远山淡影》——完成了一半。这部作品同样设置在长崎,在原子弹落下后从核爆中走出的那些岁月。我记得,这段时期我也曾动过念头,想创作几篇不以日本为背景的短篇小说,却发现自己对此很快意兴阑珊。

那几个月对我来说至关重要——如果不是因为这段经历,我可能永远也不会成为一名作家。从那以后,我经常回首往事,不断地问自己:我这是怎么啦?这股奇特的力量究竟从何而来?我的结论是,在我生命中的那一个节点,我忽然全身心投入一项急切的"保存"工作。要解释这一点,我就得把时钟再往前拨。

* * *

一九六〇年四月,也就是我五岁那年,我随父母同姐姐一道来到萨里郡的吉尔福德镇,这里位于伦敦以南三十英里的那片富裕的"股票经纪人聚居区"。我的父亲是一位科学研究人员——一位前来为英国政府工作的海洋学家。顺便提一句,他后来发明的机器成为了伦敦科学博物馆的永久藏品。

我们到来不久后拍摄的照片展现的是一个已经消逝的英国。男人们穿着V字领羊毛套衫,打着领带,汽车上依然有踏板,车后面挂着一个备胎。披头士,性革命,学生抗议活动,"多元文化主义"全都即将到来，但很难想象我们全家初遇的那个英国对此有半点预感。碰见一个从法国或意大利来的外国人已经够了不得了——更别提从日本来的了。

我们家住在一条由十二栋房子组成的死巷中，这里刚好是水泥道路的终点与乡村郊野的起点。从这里只需步行不到五分钟，就能来到一片当地的农场，还有成队的奶牛沿着田间小径来回跋涉。牛奶是靠马车配送上门的。我初来英国的那些日子里，有一道屡见不鲜的景观是我直到今日还清楚记得的，那就是刺猬——这些漂亮可爱、浑身是刺的夜行生灵那时在乡间到处都是；夜间，它们被车轮轧扁，遗留在了晨露中，然后被干净利落地码在路边，等待着清洁工来收走。

我们所有的邻居那时都上教堂，我去找他们的孩子玩耍时，我注意到他们吃饭前都要说一句简短的祷词。

我进了主日学校，很快就加入了唱诗班；到我十岁时，我成为了吉尔福德的首位日裔唱诗班领唱。我上了本地的小学——我是学校里唯一的外国学生，或许也是该校有史以来的唯一一位——到我十一岁时，我开始坐火车去上邻镇的一所文法学校，每天早上都会和许许多多穿着细条纹西装、戴着圆顶礼帽、赶往伦敦的办公室上班的男人们共享一节车厢。

到了这时，我已经完全掌握了那个年代的英国中产阶级孩子所应遵循的一切礼仪。去朋友家做客时，我知道一有成人进屋，我就要马上立正。我学会了在用餐时如果需要下桌，必须征得许可。作为街区里唯一的外国男孩，我在当地甚是出名，走到哪里都有人认得。其他孩子在遇见我之前就已经知道我是谁了。我完全不认识的陌生成年人有时会在大街上或是当地的小店里直呼我的名字。

当我回首那段经历，想起那时距离二战结束还不到二十年，而日本在那场大战中曾经是英国人的死敌时，我总是惊诧于这个平凡的英国社区竟以如此的开阔心胸与不假思索的宽宏大量接纳了我们一家。对于经历了二战，并在战后的余烬中建立起一个令人叹为观止的崭新福利国家的那代英国人，我心中永远保留着一份温情、敬意与好奇，直至今日，而这份情感很大程度上来源于我在那些年里的个人经历。

但与此同时，我在家中却又和我的日本父母一起过着另一种生活。家中，我面对的是另一套规矩，另一种要求，另一种语言。我父母最初的打算是，我们一年后就回日本，或者两年。事实上，我们在英国度过的头十一年里，我们永远都在准备着"明年"回国。因此，我父母的心态一直都是把自己看作旅居者而非移民。他们经常会交换对于当地人那些奇风异俗的看法，全然不觉有任何效法的必要。长久以来，我们一直认定我会回到日本开启我的成人生活，我们也一直努力维系我的日式教育。每个月，从日本都会寄来一个邮包，里面装着上个月的漫画、杂志与教育文摘，这一切我都如饥似渴地囫囵吞下。我十几岁时的某一天，忽然不再有日本来的邮包了——也许那是在我祖父去世之后——但我父母依然谈论着旧友、亲戚，还有他们在日本的生活片段，这一切都继续向我稳定地传输着画面与印象。另外，我一直都储藏着我自己的记忆——储量惊人地大，细节惊人地清晰：我记得我的祖父母，记得我留在日本的那些我最喜爱的玩具，记得我们住过的那栋传统日居（直到今日我依然能在脑海里将它逐屋重构出来）、我的幼儿园、当地的有轨电车站、桥下那条凶猛的大狗，还有理发店里那把为小男孩特制的椅子，大镜子前面有一个汽车方向盘。

这一切造成的结果就是，随着我逐渐长大，远在我动过用文字创造虚构世界的念头之前，我就已经忙不迭地在脑海里构建一个细节丰富、栩栩如生的地方了，而这个地方就叫做"日本"，那是我某种意义上的归属所在，从那里我获得了一种身份认同感与自信感。那段时间我的身体从未回过日本一次，但这一点反倒使得我对那个国度的想象更加鲜活，更加个人化。

而保存这一切的需求也就由此而来。因为，到了我二十五岁的时候，我渐渐得出了几个关键性的认识——尽管当时我从未清晰地将其付诸言语。我开始接受几个事实：也许"我的"日本并不与飞机能带我去的任何一个地方相吻合；也许我父母谈论的那种生活方式——我所记得的那种我幼年时的生活方式——已经在一九六〇年代和一九七〇年代基本消失了；无论如何，存在于我头脑中的那个日本也许只是一个孩子用记忆、想象和猜测拼凑起来的情感构建物。也许最重要的是，我开始意识到，随着我年齿渐长，我的这个日本——这个伴随我长大的宝地——正变得越来越模糊。

我不确定驱使我在诺福克的那间小屋里奋笔疾书的究竟是不是这样一种情感——"我的"日本既独一无二，又极端脆弱，因为那是某种无法通过外界得到印证的东西。我所做的就是用纸和笔记下那个世界独特的色彩、道德观念、礼仪规范，记下它的尊严、它的缺陷，以及我对它所思所想的一切，赶在它们从我的脑海中消逝以前。我的愿望是，在小说中重建我的日本，保护它免遭破坏；从此以后，我就可以指着一本书，说："是的。那里就是我的日本。就在那里。"

* * *

三年半后，一九八三年春，洛娜和我身处伦敦，住在一栋高高窄窄的房子顶楼的两个房间里，这房子本身又建在城市最高点之一的一座小山上。那附近有一座电视信号塔，每当我们想要听唱片时，幽灵般的广播人声总是会时断时续地侵入我们的音箱。我们的客厅里没有沙发和扶手椅，只有放在地上的两个床垫，上面铺着软垫。房间里还有一张大桌子，白天我在上面写作，晚上我俩在上面吃饭。这居所不怎么奢华，但我们都很喜欢。前一年我刚出版了我的首部长篇小说，我还为一部电影短片写了剧本，短片很快就要在英国电视台播放了。

有一阵子，对于我的首部长篇我还是颇引以为豪的，但是到了那年春天，一种挠心般的不满感开始露头。问题出在这里：我的首部长篇和我的首个电视剧本太相似了。相似点不在于主题素材，而在于方法和风格。我越看这件事，就越觉得我的小说像是一个剧本——对白加上表演指导。某种程度上说，这一点并无大碍，但我此刻的愿望是创作一部只能以书页传达的小说。如果我的小说带给别人的体验与看电视大同小异，那么这样一部小说又有什么创作的必要呢？如果文字小说不能提供给读者某种独有的、其他媒介无法呈现的东西，那它又怎敢奢望能对抗电影和电视的力量呢？

就在这时，我害了一场病毒感染，卧床休息了几日。等到我挨过了病痛的高峰期，不再整天昏昏欲睡了，我发现被褥中折磨了我好一阵子的那件沉甸甸的东西居然是一本普鲁斯特的《追忆似水年华》第一卷（*Remembrance of Things Past*，当时的书名就是这么译的）。就这样，我开卷读了起来。我当时依然发着烧，这或许也是一个推波助澜的因素，但总之我被"序言"和"贡布雷"两部分完全迷住了。我读了一遍又一遍。除了这些章节本身纯粹的美感，我还为普鲁斯特从一个章节衔接到另一个章节的手法所倾倒。事件与场景的排列并不遵循通常的时间次序，也不遵循线性的情节发展。相反，发散的思绪联想，或是记忆的随性游走在章节与章节间推进着文字。有时，我发现自己在问这样的问题：这两个看似毫不相干的瞬间为何会在叙述者的头脑中并列出现？忽然间，我为我的下一部小说找到了一种激动人心、更加自由的创作方式——一种能够让丰富的色彩跃然纸上的创作方式，一种能够描绘出银幕无法捕捉的内心活动的创作方式。如果我也能够用叙述者的那种思维联想与记忆漂流在段落与段落间推进，我就能像一位抽象画家在画布上随心所欲地放置形状与色彩那样创作小说了。我能将两天前的一幕场景与二十年前的另一幕场景并置，请读者去思考两者间的联系。我开始思考，每个人对于自我和过去的认知都是笼罩在自我欺骗与否认真相的层层迷雾之中的，而这样一种创作方式也许能够助我揭示这一层又一层的迷雾。

* * *

一九八八年三月，我三十三岁。这时我们有了沙发，我正横躺在沙发上，听着一张汤姆·威兹的专辑。一年前，洛娜和我在南伦敦一个并不时尚但温馨惬意的城区中买下了我们自己的房子，而就在这栋房子里，头一次，我有了自己的书房。书房很小，连房门都没有，但能够把稿纸四处铺开，再不必每天晚上把手稿收好，这一点依然令我激动不已。正是在那间书房里——或者说，我相信是在那里——我刚刚完成了我的第三部长篇小说。这是我的第一部不以日本为背景的长篇——我的前两部作品已经让那个只属于我个人的日本不那么脆弱了。事实上，我的新书——我将为它取名《长日将尽》——乍看上去英国化得无以复加，尽管——这是我的希望——不是以老一辈英国作家的那种方式。我非常留意地提醒自己，不要预先假定——因为我知道，许多老一辈作家正是这样假定的——我的读者都是英国人，对于英式的微妙情感与执念烂熟于心。到了那时，萨尔曼·拉什迪与 V·S·奈保尔这样的作家已经为一种更加国际化、更加面向外部世界的英国文学开辟了道路，这样一种新英国文学并不理所当然地将英国放在中心位置。他们的创作是最广泛意义上的后殖民文学。我也想像他们一样，写一部能够轻易穿越文化与语言边界的"国际"小说,与此同时却又将故事设定在一个英国独有的世界中。我这个版本的英国会是一个传说中的英国,它的轮廓,我相信,已经存在于全世界人民的想象之中了,包括那些从未踏足这个国度的人。

我刚刚完成的这个故事写的是一个英国管家,在人生的暮年,为时已晚地认识到他的一生一直遵循着一套错误的价值观;认识到他将自己的大好年华用来侍奉一个同情纳粹的人;认识到因为拒绝为自己的人生承担道德责任与政治责任,他在某种深层意义上浪费了人生。还有:在他追求成为完美仆人的过程中,他自我封闭了那扇爱与被爱的大门,阻绝了他自己与那个他唯一在意的女人。

我把手稿通读了几遍,感觉还算满意。不过,一种挠心感依然挥之不去:这里头还是缺了点什么。

就这样,如我所说,一天晚上,我躺在屋里的沙发上,听着汤姆·威兹。这时,汤姆·威兹唱起了一首叫做《鲁比的怀抱》的歌。也许你们当中有人听过这首歌。(我甚至想过要在此刻为你们唱上一曲,但最终我改了主意。)这首情歌唱的是一个男人,也许是一名士兵,将熟睡的爱人独自留在了床上。正值清晨,他一路前行,登上了火车。演唱者用的是美国流动工人的那种低沉粗哑的嗓音,完全不习惯表露自己的深层情感。这时,就在歌曲唱到半当中的时候,在那一刻,歌手突然告诉我们,他的心碎了。这一刻感人至深,让人几乎不可能不动容,而这份感动恰恰来自于一种张力,张力的一头是这种情感本身,另一头是为了宣告这份情感而不得不克服的巨大阻力。汤姆·威兹用一种飞流直下的宣泄唱出了这句歌词,你能感受到一个将情感压抑了一辈子的硬汉在无法战胜的伤悲面前终于低头了。

我一边听着汤姆·威兹,一边认识到了我还需要做什么。之前,我不假思索地做出了一个决定:我笔下的这位英国管家会坚守住自己的情感防线,躲在这道防线后面,既是躲避自己,也是躲避读者,直到全书告终。可现在,我知道我必须推翻这一决定。在某个时刻,在故事临近尾声时——一个我必须精心选择的时刻——我必须让他的盔甲裂开一道缝。我必须让他流露出一种巨大的、悲剧性的渴望——渴望有人能够窥见那盔甲之下的真容。

这里,我得说一句,除了这件事,我还不止一次地从歌手的声音中得到过其他至关重要的启迪。我在这里指的并不是唱出来的歌词,而是演唱本身。我们知道,歌唱的人声能够传达复杂得超乎想象的情感混合物。这些年来,我作品的某些细节方面尤其受到了鲍勃·迪伦、妮娜·西蒙娜、埃米卢·哈里斯、雷·查尔斯、布鲁斯·斯普林斯汀、吉利恩·韦尔奇,还有我的朋友兼合作者史黛西·肯特的影响。我从他们的声音中捕捉到了某种东西,然后对自己说："啊,没错。就是这个。这就是我在这一幕中需要捕捉的东西。与之非常接近的东西。"那时常是一种我无法用文字表达的情感,但它确实就在那里,在歌手的声音里,而现在我得到了一个可以瞄准的目标。

* * *

一九九九年十月,我应德国诗人克里斯托夫·霍伊布纳代表国际奥斯威辛委员会之邀,参观了这座前集中营,并在这里度过了数日。我的居所安排在了奥斯威辛青年会议中心,就在第一座奥斯威辛集中营与两英里外的比克瑙死亡集中营之间的公路上。有人引领我遍访了这几处旧址,我在那里与三名幸存者进行了非正式的会面。我感觉自己接近了——至少是在地理位置上——那股黑暗力量的核心,而我这一代人正是在它的阴影之下成长的。在比克瑙,那是一个阴湿的午后,我站在毒气室的残砖碎瓦前——如今它奇异地被人遗忘了,荒废了——从德国人当年将它炸毁,赶在红军到来前逃之夭夭的那天起,这里几乎就再没有被人动过。如今它只是一堆湿漉漉的、破碎的水泥板,暴露在波兰严酷的气候中,一年更比一年残破。这处遗址应该被保护起来吗?应该在它的头顶上建起一个有机玻璃穹顶,把它保留下来,让我们的子孙后代得以亲眼目睹这里吗？还是说，我们就应该让它慢慢地、自然地朽烂瓦解，化作尘土？在我看来，这个沉重的问题象征着一个更大的两难抉择。这样的记忆应该如何保存？玻璃穹顶会将这些邪恶与苦难的遗迹化作波澜不惊的博物馆展品吗？我们应该选择哪些记忆？何时反倒不如忘却，轻装前行？

那年我四十四岁。在此之前，我一直将二战以及那场战争的恐怖与荣耀看作是我父母那一代人的。但此时此刻，我忽然意识到，要不了多久，许多亲眼见证了这些重大事件的人就将离开人世了。然后呢？记忆的重担就会落在我这一代人身上吗？我们没有经历过战争岁月，但抚养我们长大的父母们——他们的人生都被这场战争打上了不可磨灭的印记。而我——如今是一个向大众讲述故事的人——我是否肩负着一项迄今为止我都尚未意识到的责任呢？这责任是否就是向我们的后代尽己所能地传递我们父母辈的记忆与教训？

此后不久，我在东京的一群听众面前做了一次演讲，一位听众向我提问——这问题我经常碰到——接下来我打算写什么。接着，提问者更加明确地指出，我的作品经常写那些经历过社会与政治巨变的个体，当这些人物回顾人生时，总是挣扎着试图接纳自己那些阴暗的、耻辱的记忆。她问道，我未来的作品会继续涉猎这一领域吗？

我发现自己给出的是一个没有准备的回答。是的,我说,我经常写那些在遗忘与记忆之间挣扎的个体。但未来,我真正想写的故事是一个国家或一个群体是如何面对同样的问题的。国家记忆与遗忘的方式也与个体相似吗?还是说,两者有着本质的区别?国家的记忆究竟是什么?保存在哪里?又是如何被塑造、被操纵的?是否在某些时刻,遗忘是终结冤冤相报、阻止社会分裂瓦解、陷入战乱的唯一途径?而另一方面,稳定、自由的国家能否真的建立在蓄意的遗忘与正义的缺席之上?我听到自己对提问者说,我想要找到一个写出这些主题的途径,但不幸的是,我暂时恐怕还办不到。

* * *

二〇〇一年初的一个晚上,在北伦敦我们家(我们这时的居所)漆黑的客厅里,洛娜和我开始观看一部一九三四年霍华德·霍克斯执导的电影,片名叫做《二十世纪》(电影是录在一盘 VHS 录像带上的,画质尚可)。我们很快发现,片名指的并非是我们此刻刚刚告别的那个世纪,而是指那个年代非常出名的一列联结纽约与芝加哥的豪华列车。你们当中一定有人知道,这部电影是一出快节奏的喜剧,场景大部分都是在列车上,讲的是一个百老汇的制片人越来越绝望地试图阻止自己的头牌女演员转投好莱坞，踏上影星路。电影的压轴戏是约翰·巴里莫尔那令人叫绝的喜剧表演，他是那个时代最伟大的演员之一。他的面部表情，他的手势，他吐出的每一句台词，无不层层浸染出讽刺、矛盾与荒诞，而这一切背后的则是一个沉溺于自大狂与自吹自擂之中的男人。从许多方面来看，这都是精彩绝伦的表演。然而，随着影片的展开，我发现自己并没有被触动，这很奇怪。我起初对此百思不得其解。通常来讲，我喜欢巴里莫尔，也很痴迷于霍华德·霍克斯这一时期执导的其他几部电影，比如《女友礼拜五》和《唯有天使生双翼》。后来，当电影放到差不多一个小时的时候，一个简单的、电光石火般的想法闪过我的脑海。不论是在小说、电影还是戏剧中，许多生动鲜活、十分可信的人物都没能触动我，其中的原因就在于，这些人物并没有与作品中的其他人物通过任何有意义的人际关系相联结。紧接着，下一个想法就跳到了我自己的创作上来：如果我不再关注我的人物，转而关注我的人物关系，那会怎样？

随着列车哐当哐当地一路向西，约翰·巴里莫尔变得越来越歇斯底里，我不禁想起了E·M·福斯特那著名的二维人物与三维人物区分法。故事中的某个人物，他说过，只有在"令人信服地超出我们的意料"时，才能够变得三维。只有这样，他们才能

"圆满"起来。但是，我此刻不禁思考，如果一个人物是三维的，但他或她所有的人际关系却并非如此，那又会怎样？同样是在那个讲座系列中，福斯特还作了一个幽默形象的比喻：要用一把镊子将小说的情节夹出，就像夹住一条蠕虫那样，举到灯光下仔细审视。我能否也作一次类似的审视，将任何一个故事中纵横交错的人物关系举到灯光下呢？我能否将这一方法应用到我自己的作品中——应用到我已完成的或正在规划的故事中？比如说，我可以审视一对师徒间的关系。这里有没有体现出任何深刻的、新鲜的东西？还是说，我看得愈久，就愈觉得这显然只是一种陈词滥调，已经在几百个平庸的故事中屡见不鲜？再比如说，两个相互较劲的朋友间的关系：它是否是动态的？是否能引发情感共鸣？是否在发展演化？是否令人信服地出人意料？是否三维？我突然觉得，我更好地理解了为什么我过去的作品中有这样那样的失败之处，尽管我也曾拼了命地想要弥补。我眼睛依然盯着约翰·巴里莫尔，脑子里却浮出一个想法：所有的好故事——不管它们的叙述模式是激进还是传统——都必须包含某些对我们有重要意义的关系，某些触动我们，让我们莞尔、让我们愤怒、让我们惊讶的关系。也许，在未来，如果我能够更多地关注我笔下的关系，我的人物就无需我再操心了。

我说出这席话时忽然想到，也许我着力阐述的这一点对你们而言本来就是显而易见的。但我能说的就是，这一发现在我写作生涯中可谓姗姗来迟，而我如今将这视为一个转折点，与我今天向你们讲述的其他关口同样重要。从那时起，我开始以一种截然不同的方法构建小说。比如说，我在创作长篇《莫失莫忘》时，我一开始思考的就是处于故事核心的那组三角关系，然后再是从这组关系发散开去的其他关系。

* * *

作家生涯中的重要转折点就是这样的——也许其他的职业生涯也是如此。它们时常是一些小小的、并不光鲜的时刻。它们是无声的、私密的启示火花。它们并不常见，而当它们到来时，也许没有号角齐鸣，也没有导师和同事的背书。它们时常不得不与另一些更响亮也似乎更急切的要求相竞争。有时，它们所揭示的会与主流观念相悖。但当它们到来时，我们一定要认识到它们的意义。不然的话，它们就会从你的指缝中流失。

我一直在这里强调那些细小的、私密的东西，因为本质上讲，这就是我工作的内容。一个人在一个安静的房间里写作，试图和另一个人建立联结，而那个人也在另一个安静的——也许不那么安静的房间里阅读。小说可以娱乐，有时也可以传授观点或是主张观点。但对我来说,最重要的一点在于,小说可以传递感受;在于它们诉诸的是我们作为人类所共享的东西——超越国界与阻隔的东西。许多庞大光鲜的产业都是围绕小说建立的——图书业、电影业、电视业、戏剧业。但最终,小说是一个人对另一个人的诉说。这就是我对于小说的感受。你们能够理解我的话吗?你们也是如此感受的吗?

* * *

于是,我们来到了当下。最近,我忽然醒悟到,多年来我一直生活在一个虚妄的肥皂泡中。我未能注意到我周围许多人的挫折与焦虑。我意识到,我的世界——一个文明、振奋的地方,满是爱开玩笑、思想开明的人——事实上比我想象的要小得多。二〇一六年,这一年在欧洲与美国发生了许多出人意料——于我而言也是令人沮丧的政治事件,全球发生了多起令人毛骨悚然的恐怖袭击。我从孩提时代起就理所当然地以为,自由主义—人本主义价值观前进的脚步不可阻挡,但二〇一六年的这一切都迫使我承认,也许我的想法只是一个幻觉。

我们这代人是乐观的一代。为什么?因为我们看着我们的长辈将欧洲从一片满是极权国家、种族清洗与史无前例的大屠杀的大陆，变成了一块人人羡慕、自由民主国家在几乎没有边界的友谊中共存的乐土。我们看着旧殖民帝国连同那些支撑它们的可恨观念一道在全世界土崩瓦解。我们看着女权主义、同性恋权利与抗击种族主义的多条战线高奏凯歌，齐头并进。我们在资本主义与共产主义猛烈对抗的背景中长大——一场意识形态的对抗与军事的对抗，最终却看到了我们许多人眼中的大团圆结局。

而此刻，回首往事，推倒柏林墙后的那个年代更像是骄傲自满的年代，错失良机的年代。我们坐视惊人的不平等——财富与机遇的不平等——在国家间与国家内部扩大。而二〇〇三年对伊拉克灾难性的入侵行动以及二〇〇八年那场丑恶的金融危机爆发后强加在普通人民身上的长期紧缩政策——尤其是这两起事件将我们推向了当下这个极右思潮与狭隘民族主义泛滥的局面。种族主义——不论是以其传统形式，还是以其营销更加得力的现代化形式——再次沉渣泛起，在我们文明的街道下蠢蠢欲动，就像一头被掩埋的巨兽正在苏醒。而此刻，我们似乎缺乏任何能将我们团结起来的进步事业。恰恰相反，甚至是在富裕的西方民主国家内，我们也正在分裂成彼此对立的不同阵营，为了争夺资源和权力而斗得天昏地暗。

与此同时，科学、技术与医学的重大突破向人类提出的挑战已经近在眼前了——还是说，已经到了眼前？新基因技术——比如基因编辑技术 CRISPR——以及人工智能和机器人技术的进步都将为我们带来惊人的、足以拯救生命的收益，但同时也可能制造出野蛮的、类似种族隔离制度的精英统治社会以及严重的失业问题，甚至连那些眼下的专业精英也不能从中幸免。

就这样，我，一个已年过花甲的男人，揉着双眼，试图在一片迷雾中，辨识出一些轮廓——那是一个直到昨天我才察觉其存在的世界。我，一个倦态已现的作家，来自智力上倦态已现的那一代人，现在还能打起精神，看一看这个陌生的地方吗？我还能拿出什么有所帮助的东西来，在当下社会挣扎适应巨变之际，为即将到来的争论、斗争与战争提供另一个视角，剖出另一些情感层面？

我必须继续前行，尽己所能。因为我依然相信，文学很重要，尤其是在我们渡过眼下这个难关的过程中。但我也期盼年轻一代的作家鼓舞我们，引领我们。这是他们的时代，他们会有我所缺乏的知识与直觉。在书本、电影院、电视与剧院的世界中，今天我看到了敢于冒险、激动人心的人才——四十岁、三十岁、二十岁的男男女女们。因此，我很乐观。我又有什么理由不乐观呢？

但最后，请允许我发起一项呼吁——如果你们愿意的话，就让这成为我作为诺贝尔奖得主的呼吁！要让整个世界走上正轨并不是一件易事，但至少让我们先思考一下该如何安排我们这个小小的角落，这个"文学"角落——在这里，我们阅读书籍，创作书籍、出版书籍、推荐书籍、谴责书籍、给书籍颁奖。如果我们想在这世事难料的未来中发挥重要的作用，如果我们想让今日和明日的作家发挥出最大能力，我相信我们必须更加多元化。我的意思有两层。

首先，我们必须拓展我们一般意义上的文学界，囊括更多的声音，第一世界文化精英的舒适区以外的声音。我们必须更加勉力地搜寻，从迄今为止尚不为人所知的文学文化中发现宝石，不论那些作家是生活在遥远的国度还是生活在我们自己的社群中。其次，我们必须格外小心，不要将"何谓优秀文学"定义得过于狭隘或保守。下一代人定会用各式各样崭新的，有时甚至令人晕头转向的方法来讲述重大的、绝妙的故事。我们必须对他们保持开放的心态，尤其是在涉及体裁与形式的问题上，这样我们才能培养、拔擢他们中的佼佼者。在一个危险的、日益分裂的时代，我们必须倾听。好的创作与好的阅读可以打破壁垒。我们也许还可以发现一种新思想，一个人文主义的伟大愿景，团结在它的旗下。

对于瑞典文学院、诺贝尔基金会，以及瑞典人民——多年来，正是他们让诺贝尔奖成为了我们全人类努力谋求的"善"的一个闪亮象征——我在此呈上我的谢意。

宋佥 译